借一個你的睡前時間

訴說那些關於
尋夢與青春的碎片

狼焉 文

悅知文化

作者序

借用一個睡前故事的時間

親愛的你：

在你決定閱讀這些信件之前，我大概花了三個月把它們整理好，之後交給山裡最會縫紉的山羊裝訂成冊，再請信鴿飄洋過海地把它投遞到你的信箱。有些信紙已然泛黃，內容卻還如紙上鏗鏘有力的字跡一般始終不渝；但有些信紙嶄新如初，字裡行間的情感卻已悄悄改變。

輯一收集了動物們的手寫信，將滿溢的各式情感，像是遺忘的愛情、漸遠的友情、找回自己等，封印在一張張信紙中。比如不再互相喜歡後，男人仍在夜闌人靜裡，惦念所有清歡，想請綿羊把眼淚留在草原。比如心中的疼痛已經夠久，久到翠鳥終於不再是勉強假裝遺忘，久到終於懂得了心碎帶來的不僅僅是遺憾而已。

輯二的小鯊魚，渴望著與自己外型和身分相差甚遠的溫柔。他一邊帶著對未來的憧憬與忤逆父親的擔憂，一邊在深幽蔚藍裡邂逅不同的水中生物。隨著海流帶來心碎的、刻薄的、溫暖的各式際遇，小鯊魚努力拼湊屬於自己的面貌。

輯三的飛行系的故事裡，寧靜細膩的文學少女亦舒與勇敢執著的追夢少女程瞳作為知己，一起把十七歲初夏的怦然心動與刻骨心碎，都收進了彼此的歲月裡。想以「夢想」賦予環境與體制下的壓力一個明確的意義，或者想以擲地有聲的一封封書信換取真心，卻發現愛是難以等價交換的東西。

故事都是這樣的，在我們未曾注意到的某個細小節點開始往不曾想過的方向走去。或許有些故事與你似曾相識，或許有些是你聞所未聞。那些未曾想過的，你願不願意花一個睡前故事的時間去感同身受呢？

或許你能從這些書信裡找到悲歡離合的原因，即使找不到也沒關係，能夠拾起年少的初心與夢想、放下過去的憂傷與遺憾，就是從這些信裡能得到的最珍貴的寶物。

謝謝你願意閱讀他們。

祝好

狼焉

content

chapter 1
翻山越嶺遞一封信

chapter 2
如果鯊魚也能很溫柔

content

chapter 3
飛行系愛情故事

Chapter 1

翻山越嶺遞一封信

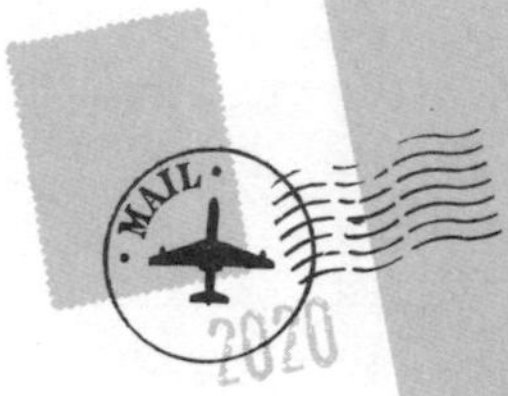

單程郵票

綿羊傾訴她無法忘記男人

然而故事有始有終，
我們仍需陪伴自己踏上下一段旅程。

親愛的你：

從北方回來後的幾個月，生活又步入了常軌。白日裡我一貫地在舒適的草原上肆意悠遊，偶爾尋到一枝從未看過的花便捎回家給你，每到夜晚再回到我們的小窩與你相枕入眠。你說我的羊毛特別柔軟，沾上青草與月桂的味道讓人安心；而我說你那強而沉穩的心跳聲，讓我在每個蟲聲唧唧的吵雜深夜裡總能安穩入睡。

如你所說，我是一隻沒有桎梏、在草原上恣意生活的綿羊，我以為自己因此而特別。你已經馴服了我，就像小王子裡的狐狸一樣，即使沒有圍欄，我也不會輕易離開。你說你喜歡我的倔強、瞭解我的傲氣。

——只有我能哄得了你。

多少個日子，我似乎太相信這句話，以至於失了分寸。

農舍要賣了。那一年雨水不足，土地乾涸，作物的收入無法支付整個農舍的開銷。你每天比以往更早起，背著斗大的竹籃前往早市。我發現自己不如以往能輕鬆地在草原上漫步，只剩深深的擔憂與無能為力。無能為力的我，以憂愁替代了能讓你紓解壓力的安慰；無能為力的你，開始無法耐心處理我們之間的磨擦。

我們終究無法接住彼此的煩憂。

從什麼時候開始，我們一再漏接對方想要喘口氣的訊息？為什麼我們沒有把那些齟齬解讀成對生活的無力，而認為它們是對彼此的不滿？

「你說你不會討厭我的脾氣，那為什麼現在不願意哄我了？」

「那妳為什麼不能貼心一點，收斂一下？」

「要不是當初你說不用改，我也不會對著你這樣無理取鬧。」

「對，現在都是我的錯了。」

和承諾過的不一樣，你終於不再願意安撫我的壞脾氣。

草原終於迎來了遲到的雨季，然而出售農舍的合約卻已經簽完。終究，我們把生活的壓力化為傷人的話語，然後分道而行。離別時，我們的眼裡都鎖著哀傷，卻沒有後悔的情緒。曾經我喜歡你宛如裝進整片鬱蔥森林的墨綠眼睛，那裡今後卻不會再倒映出我在草原上與你嬉戲的身影。

農舍落了大鎖，你的眼睛也是，我的心也是。

故事說完後，總要在某個時間點隻身啟程，往各自的方向走去，那種過程被憂傷的旅人稱作流浪，但其實是以下一個故事作為目的地的前行。我不知道你會往哪個方向走去，或許這輩子再也不會從任何地方聽到你的消息，又或者很久很久以後，當我再次聽見你的名字，你的臉龐卻已經模糊在我的回憶裡。到那時候，我還會想見你嗎？

如果答案是會，或許我會惋惜現在徹底與你分別，但是此時此刻的我並不後悔。

好想問你是不是還記得，你向別人介紹我時的模樣，你滿懷自信的樣子始終在我記憶裡閃閃發光。也想問你是不是還記得，我向別人介紹你時的模樣，我滿懷自信地依偎在你身旁是多麼和煦靜好。

「我有一隻傲嬌的小綿羊。」
「我有一個最瞭解我的主人。」

祝好

——綿羊

單程郵票

男人希望綿羊能忘記他

想要摘給妳月亮，始終是個無法實現的宏願。

親愛的妳：

他們說最難的不是相愛，而是生活。我曾不願相信，錯過了千萬人卻獨與妳相伴應該是最難得的事情，即使多麼不願意承認，我們最終還是被生活打敗，而那些被細碎摩擦肢解的片段，卻仍深深烙印在我的腦海裡。

也不是沒想過，住在草原上會面臨旱季，只是與妳相處的日常實在太過美好，其實在這之前就有些微徵兆，我卻不願戳破這麼寧靜的日常。為了不讓妳感到不安，我將這些壓力仔細收進竹籃不讓妳發現。木柴與農作蓋在上面，藏起底下的疲倦與負擔。漸漸地，從與妳同時起床，到破曉將至就踏出家門，竹籃越來越重，而我沉重的心也不再因為看到妳安穩的睡顏而有所安慰。

「我不小心把這籃桃子摔壞了。」

妳帶著歉意，小心翼翼地說。我明明不想對妳生氣，卻無法將剛從市集回來太過疲倦而板起的臉變得柔和一些。

「妳為什麼這麼不小心啊。」

「對不起。」

「我已經很累了妳知道嗎……」

為什麼不能好好跟妳說話呢？明明一點都不想責怪妳、傷害妳，卻總是這樣事與願違地說著讓妳難過的話。

「你可以不要這麼大聲嗎？」

「我現在都不能生氣了是嗎？」

於是，我們不再實現吵架只吵一天的約定，夜裡被凜冽西風冷得微微發顫時，也終於意識到了沒有妳的羊毛圍繞，草原比想像中更加寒冷。

記得有次我們躺在草原上看著繁星熠熠，忽然有兩顆星星一前一後劃過天際，墜落在遠方地平線之後。我問妳要不要許願，一人一個剛好。妳說，他們雖然點亮了天空，卻有可能是兩顆迷路的星子。

「當其中一個沒有抓牢而掉落凡塵，另一個就冒著再也回不去的風險去找他。」

「希望他可以找到他。」

而妳發現我很認真地聽，於是看著我說：

「那你聽過參商的故事嗎？」

「沒有耶。」

「就是動如參與商的參商，在二十八星宿裡，西邊的參宿只在冬天出現，而東邊的商宿卻只在夏天出現。和煦春天的時候，一邊冉冉上升另一邊卻緩緩沉睡，所以他們永遠見不到彼此……」

妳緩緩地說著，我突然發現妳是那麼地特別，很想就這樣聽妳說故事直到永遠。

但我們不再選一個萬里無雲的夜晚，帶著帳篷到遠離光害的地方看星空；我們不再窩在炭火邊看著故事書，想像城市的斑斕是什麼樣子；我們不再到市集挑選喜歡的種子，把庭院佈置得杏雨梨雲……

我們不再互相喜歡。

草原終於盼到雨季，然而大雨卻挽救不了任何事情。那一年你把庭院布置成紺紫色，栽滿了靛青黛藍的勿忘草。

我們慣說「勿忘我」，如今我卻想請妳忘了我。忘了我們曾經喜歡與對方一起做任何事情，忘記每一個溫柔的承諾和誓言，忘記我們曾經相信並且願意攜手到老。

我想請妳把悲傷都留在草原，把妳的眼淚和這些雨水一起留下，因

為妳是那麼的值得快樂。

柔軟又堅韌的小綿羊，願妳的下一段故事總是陽光燦爛，不再流下任何一滴眼淚。

祝好

——曾經的夥伴

曖昧與暗戀的一線之隔

匿名寄出——

曖昧就是這樣，那種不安來自於你能輕易牽引我的情緒波動，而那種心安又來自，你瞭解我。

親愛的你：

有時候聽到朋友們在談論你，談論那些關於你，而他們其實不太確定的事。比如那天青鳥說：「岩鷺最近是不是要回家一趟？」

那一刻突然覺得心裡有點滿，你和我說過回家要如何長途跋涉，說了那裡的花草樹木與天空是什麼樣的顏色，我可以想像水塘中倒映著雲朵與你的身影交織而成的蔚藍。彷彿與你交換了行事曆，我知道的比其他人還更多，這種感覺像是我們比普通朋友還親近，共享著一些秘密。

但，接著另一個她說：「對啊，他說明天下午就出發了。」

那一刻我又悵然若失了。原來傾聽你的生活瑣碎並不是我一個人的專利，你的計畫並不是特意向我報備，大抵「報備」還是只對情人才會用到的詞吧。你總是坐在蹺蹺板的另一端，輕輕使一點力，就能讓我感受這種忽上忽下的心情。

和你聊天的時候，我盡量表現得稀鬆平常，掩飾心裡的焦躁與悸動。在你分享下一趟旅程時，佯裝隨意輕輕地問：「你也告訴其他朋友了嗎？」

然後，聽著你輕快地回說：「對呀」，忍不住覺得是自己小題大做。

「我昨天看到岩鷺和隔壁的水鳥妹妹出去玩了。」

那天晚上，想念你就變成了一種微微疼痛的感覺。即使你一如往常的捎來訊息，我還是賭氣地放置了好一段時間。書上說，若你喜歡我，一定會反覆檢查手機等著回音，每檢查一次，思念就會一遍遍地加深。我曾反問，難道戀愛不該是兩情相悅後，就手牽著手一輩子嗎？書上卻也說，沒辦法，大人的戀愛就是這種小小的心機戰，人心莫測，你可要抓牢。

所以我不停想著，該使用什麼措詞才能掩飾佔有欲與醋意，深怕你不喜歡這種被干涉的感覺，進而吐出了冷漠的字句。

「今天有點累，我要先睡了喔，晚安！」

說畢把手機放在左胸口，希望你也可以透過心口的顫動感受那種細碎的傷心與不安。總在說晚安之後，才又想著與你之間的關係而遲遲無法闔上眼，並下定決心若你不主動解釋，我便從此不再過問。

結果出乎意料，你好像隔著螢幕讀到了我的情緒。

「小白鷺，妳在生氣嗎？」

於是我馬上拿起手機。

「沒有呀，當然沒有！」

這一句瞬間就成了真心實意的不生氣，原來暗戀與曖昧就是這樣，那種不安來自於你能輕易牽引我的情緒波動，而那種心安又來自，你瞭解我。然後我們又聊了起來，日子恢復了往常的模樣。

等某個春暖花開的日子，我想把這封信交到你手上。
我喜歡你呀。

祝好

——白鷺

信件遺失——

當我的光不再爲你所需

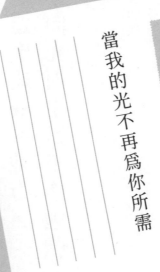

我忘了適合自己的棲息地
從不是這麼斑爛的地方，
正如你向光而生是不能勉強。

親愛的你：

「最重要的是，我們還相愛嗎？」
每當思緒又快打結時，總在腦海裡試圖用你的口吻問自己這麼一句話。

熙來攘往的人海中，我們能相遇相知應該是一件要珍惜的好事。為了提醒這件事的重要，才會有許多隆重的儀式被設計出來。花店定義了玫瑰花數量與顏色的含義，或許是一見傾心，或許是至死不渝；書店在象牙紙上裝飾了精緻的絲緞，也許是長相廝守，也許是忠貞不二。當每個女孩在情人節都捧著十一朵代表一生一世的玫瑰花時，我只敢慶幸自己也是這些幸福的人之一，卻不敢去細想你送花時是否想的是節日儀式更甚於發自內心的珍惜。

紀念日的時候會去喜歡的餐廳吃飯，我惦記著這種得來不易的浪漫，卻害怕它在某一年變成宛如空殼的形式。當我小心措辭地吐出這個憂慮，你卻把它當成是胡思亂想沒有放在心上。

「是不是分開比較好呢？」

從原本兩個人一起規劃日程到各自在日曆上劃掉忙碌的日子，從原本能以小時為單位的互相傾聽，到睡前只一句晚安就默然無語，我終於發現僅一個人的努力，無法維持相愛的頻率。

有時候，會忘了自己曾經是那個在夜裡替你點燈的人。

那時的我帶著無以名狀的勇氣與自信，信誓旦旦地認為自己能做你的光，撫平你在每個無力掙扎的夜色裡深鎖的眉頭。然而，不知是好是壞，你以浴火重生之姿帶著光往十色陸離的地方走去，後來那些刺眼的與太過明亮的改變了生活，掩蓋了我只有在朔月的黑夜裡能被看見的微弱光芒。

遲遲說不出的分開，究竟是我捨不得你，還是捨不得讓月曆裡好不容易累積起幾千幾百個相愛的日子一瞬歸零？或是，我恐懼的是在

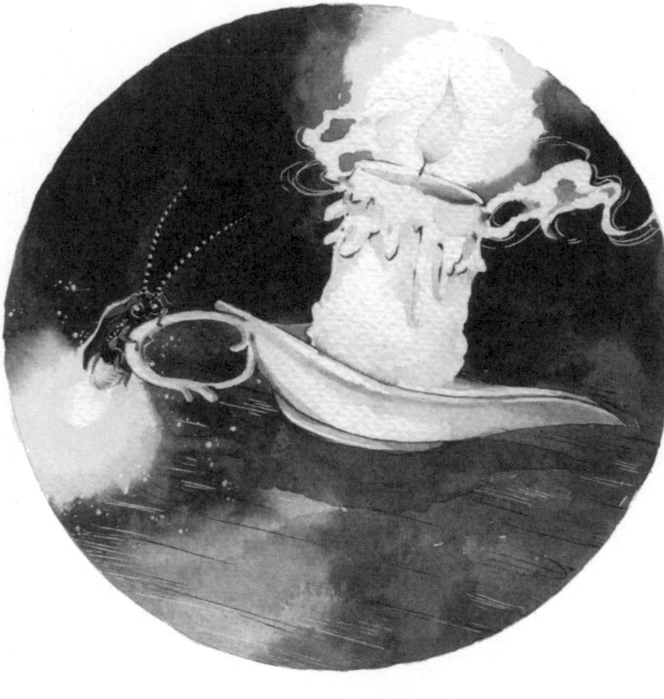

歸零後細數那些日子的後半段，是否只剩時間在往前，而相愛的我們早已停在某個凡桃俗李的日子裡呢？

我不想做那個被留在原地的人啊，卻更不想徒留這份愛卻在彼此生活中一無所獲毫無成長地繼續前行。你終於能在黑夜裡安然入睡了，我的光也終於不再為你所需。

你送我的蠟燭終於燒到了底部，我不斷想找到能再點燃微光的燭芯，最後卻只剩滿桌的灰燼與生鏽的燭剪。我曾聽說凝固的蠟油都是蠟燭在寒夜裡替人流下的眼淚，我不願意它在努力發光時的模樣被遺忘，卻只有熄滅時才為人所見。

後來，你笑著說使用蠟燭早就不合時宜，我才明白一直以來，與梔子花香纏繞著裊裊消散的都是回憶。而空氣冰冷下來後，這些都已不合時宜了。

祝好

——螢火蟲

查無此人

記那些焦慮不安的細碎

爲什麼要假裝呢？想哭的時候就大聲地訴說自己的難過，不好嗎？

親愛的你：

最近時常思考為什麼自己那麼容易陷入低落的情緒，如果能夠像隔壁的小灰蝶那樣率性地過活，不去思考這麼多關於下一刻甚至明年或未來的事，恣意地追尋自己喜歡的東西而不過度在意其他人的眼光，是否就不會那麼容易哭泣？

但，為什麼就是做不到呢？

「社會對我們而言就是過於尖銳且帶刺的。」

為了不要受傷，必須花費比別人更多的心力保護自己。向前的路總是舉步維艱，但還是努力撐起微笑才能在大家眼裡看起來「好好的」。你說，為什麼要假裝呢？想哭的時候就大聲地訴說自己的難過不好嗎？但就是因為做不到才露出一副沒事的表情呀。

書上說世界上有一類人特別容易共感他人的情緒，我想自己就是這樣的吧。世界明明是如此的歪斜又殘酷，每天都有人被傷得體無完膚，人們卻不停看著那些可能不會發生在自己身上的美夢與故事，催眠自己一切都是建立在公平的機制上，置若罔聞那種根本稱不上是公平，而是一方隱忍與一方蠻橫的平衡。

每天似乎都發生著糟糕透頂的事，例如，烈日下遠方的村落冒起了濃煙，我的鄰人卻從未有哪天我們的森林也會起火的危機感；例如，冬末的蟻丘被頂頭樹梢不停滴落的融雪堵住了出口，卻只有我感受到兔死狐悲的憂愁。

那些受傷的人與我素昧平生，我卻因為聽到這些消息而不小心淚流滿面。明明是被恐懼與悲傷驅使而出的情緒，卻被視為情緒化的病徵，到底什麼才是人家標準中的「正常」？

如果社會對沒有犯錯的人這麼苛刻，又怎麼能期待他們毫無保留地去依賴且相信這個世界會把一切的壞變成好呢？又怎麼能一邊要求大家敞開心胸，一邊縱容那些把憂鬱視為異常，並把「不快樂是因為你不夠努力」掛嘴上的人？

我行經的地方總落下許多鱗粉，好像自己每分每秒都會流失並散落各處。

他們說藍色是湖水染出來的顏色，若我死了必會被製成標本；我說藍色是憂鬱的顏色，不懂你為何要收藏。

昨天我終於去見了樹屋裡的貓頭鷹醫師。他說：「你的血清素很不乖。我們開個藥讓它不要這麼不穩定，因為它提高了焦慮不安的門檻。」他敲打鍵盤的方式如此熟練，或許我對他來說已經是症狀最小的病患。是呀，它們不乖不是我的錯。一邊安慰自己，一邊擔心會不會因為吃藥而失去警覺心反而遭遇不測，那種感覺既矛盾又令人哭笑不得。

於是我終於學著和焦慮共存，學著讓觸角感受到花香的時候不要太快遺忘，學著欣賞鱗粉掉落時在陽光下折射的細碎光芒。不再把得到的當作僥倖，不再把失去的當作末日。

所以親愛的你，我想告訴你，覺得世界很尖銳並不是你的錯。

我想告訴你，即使世界充滿歧視與冷漠，仍不要忘記你之所以感到喘不過氣、與別人的情緒有所共鳴，都是源於自己那微小的善良與同理心。

我想告訴你，別為了把自己塞進社會框架而丟掉那些真實的情感，既然生來是一個有血有肉的靈魂，就不要抹煞了生命賦予自己的情感。

你很好，這樣就已經足夠的好。
希望每當迷惘時你都能重新閱讀這封信。

祝好

——大藍閃蝶

給十年後的你一封勇氣

存局候領

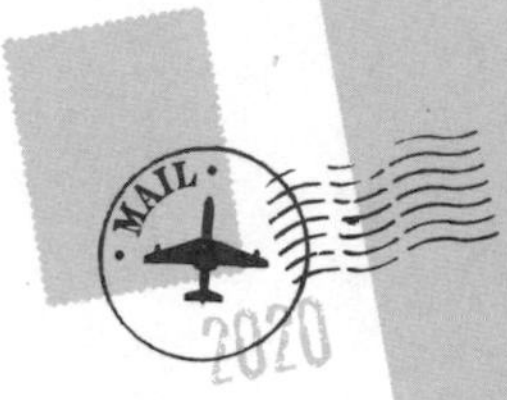

你不是也費了很大的力氣，才讓自己看起來好好的嗎？

親愛的你：

十年後的今天，你還好嗎？

若十年後的今天你還安然地活著，並且記得從南方小樹屋門口數來第三棵蘋果樹下，挖出裝著這封信的鐵盒的話，那就太好了。

希望現在的你已經治好身上的大病小病，不再因換季而觸發過敏，與滿山滿谷的衛生紙作伴；也不再遭受路過行人誤以為是重感冒而拋出來的譴責眼神。

再次走訪離森林非常遙遠的大海了嗎？即使被鹹鹹的海風吹亂了毛髮，仍能夠像小時候那般開心大笑嗎？我覺得七月的浪花很適合我們，只有在陽光燦爛時才不會對海浪感到恐懼。或許，你已經不會害怕海面上略顯深色的區域了呢？如果是這樣就太好了。

現在的我總是對靠近自己的感到惴惴不安，卻覬覦那些遙不可及，比如大海、比如無根藤、比如已經遠走的他。人總是這樣患得患失，但或許這十年裡你已經失去夠多，現在已經不再憧憬彼方。

遇到挫折時，還會裝作毫不費力的模樣，卻把悲傷與無力留在夜深人靜裡嗎？隔天還會繼續假裝若無其事地學習著、工作著，還告訴周遭的朋友只是前一個夜晚吃太多鹹食才稍稍水腫嗎？被誤解的時候、被給予負評的時候，還會在朋友們面前故作坦然的說都沒關係，其實卻不由自主地垂下眼睛嗎？早在兒時，我們就已知道人言可畏，並被貼上了屬於我們的標籤，諸如「狡詐」與「陰險」，還有我們的眼睛可以勾魂懾魄的訛傳。

明明知道都是偏見，卻仍辛酸委屈，究竟是我們不夠勇敢，還是旁人過於刻薄。他們可以一邊稱讚尖尖的耳朵與鼻頭代表聰明，一邊擅自揣測我們會把聰明用在錯誤的地方。希望現在的你已經不再畏懼流言蜚語，也愛上了自己琥珀琉璃珠一樣的眼睛。

用力的去愛過了嗎？成功實現了和喜歡的人在楓紅下一同玩耍願望了嗎？跟他分開以後還會哭得撕心裂肺，卻佯裝堅強地撕碎每一封

手寫信嗎？還會在看電影被觸及心事時，容易不小心紅了眼眶嗎？一直以為自己是個不愛哭的人，以前摔倒時明明一滴眼淚都不掉的，怎麼長大後，卻漸漸習慣淚痕在臉上逐漸乾涸的那種酸澀感呢？

如果可以的話，真想叫你不要對每件事都那麼費盡心力，不要對每個人的評價都那麼在意，留一個空間給自己休息。其實，你可以不要每天都那麼努力，但我知道你把對每件事的執著和實踐當成認真活著的證明，也只能無奈地幫你加油打氣。你一定會成為一個令我驕傲的大狐狸。

祝好

——狐狸

相愛以後，背道而馳

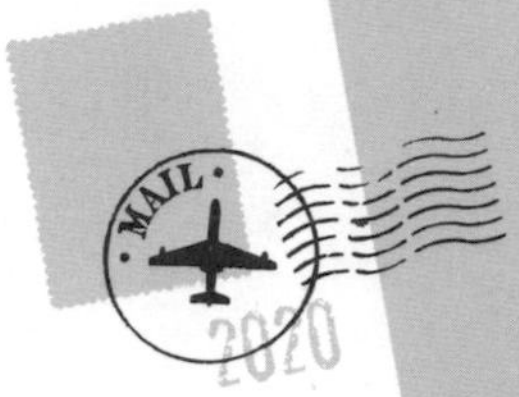

郵戳爲憑

這些年，我們都學到了先愛自己，別人才會愛你的道理。

親愛的你：

距離我們分開的日子，已經過了一百零八天；距離我們第一次見面的日子，大約過了一千兩百零八天吧。沒有我的日子，你過得如何呢？

小浣熊說，讓自己變得恨你一點，比較不容易難過。比如討厭你在最後的日子裡偶爾不復溫柔、比如討厭你總是粗心而讓我疲於奔命、比如討厭你和我彼此耽誤那麼多青春……可是我卻做不到。因為，想起你的時候，先映入眼簾的依然是那些溫暖。比如我們從來都是彼此最佳的傾聽者，偶爾會開著鵝黃色的月球夜燈坐在床上聊天；比如我們喜歡吃的東西很相似，而你總是寵著我，讓我選擇晚餐內容，然後像魔法師一樣煮出那些香氣撲鼻的料理。

一個人吃飯的時候，聽到鄰桌的孔雀談論我們曾計劃造訪的地方，他們說那裡有難能一見的海棠紅垂櫻，我想聽得仔細些，把這些記下來告訴你。突然那一刻，才想起我們已經分開的事實，然後悲傷如水赴壑，逐漸漫過曾經熟悉的對話，眼淚便不由自主地掉了下來。原來積習難改，但其實難改的不僅是習慣。

分開的那天，你把自己的衣物和生活用品收進背包。我突然覺得很可笑，因為生活的遺跡不只是那些雙目所見的物品，更多的是刻在時間上的回憶。衣櫃的空間變大了，可是那些空曠彷彿還繚繞著之前的生活氣息，我到底該怎麼做才能不再想起你？

「提出分手的那一方還哭哭啼啼的，這樣是不是很壞？」

「可是明知道最後會分道揚鑣，還像裝傻一樣繼續下去難道會更好？」

小浣熊不知道怎麼才能讓我止住淚水，只好遞給我一顆茶色橡果。

我把橡果擺進衣櫥的空位，但似乎無法讓自己更好過。

趁我們還在愛的時候停下腳步，把這些尚存於心的喜歡好好記下來。這些年，雖然我們都願意把對方寫進未來的計劃裡，卻總在每一個岔路口選了不同的道路。你想待在森林裡安居樂業，找一份能存到錢的工作即可，然後開一間樹屋小店，我煮咖啡，你負責下廚。可是我向來想到森林彼端尋找自己想做的事，聽聞那裡有大河，可以學到這裡學不到的東西。你逐漸發現，那份能存錢的工作是如此枯燥乏味，宛如正在消磨自己的熱忱換取金錢，而我卻在這時收到從大河寄來的錄取信。

「我可以等你回來。」

「可是未來，我不知道……我甚至不知道自己會不會回來，不知道自己會不會在三十年後才想要回到故鄉定居下來煮咖啡。」

「我不會變心，還是你怕自己變心？」

「從來都不是變心的問題。」

你知道嗎？我們都不是把愛情放在第一順位的少男少女了。和你相處的一千多個日子裡，我們都學到了先愛自己，別人才會愛你的道理。所以當理想與理智排在愛情的順位之前時，我們早已往不同方向前進。

現在，我在前往大河的途中，今天落腳的客棧外有一片琉璃唐草的粉藍色花海，房間裡也有一顆月球型的夜燈。在這三個月之中，對你的喜歡與愛是否會漸漸減少，我並不確定。只是想把這些感謝與想念寫成一封信，或許來年的某個晚上，放進郵筒。

祝好

——松鼠

飄洋過海的明信片——

虎鯨與抹香鯨的故事

溫柔久了好累，
我悲傷的頻率可曾有人願意聽見。

親愛的你：

我依然記得第一次見到你的情景。我正在緩緩下墜，抬頭卻看見了從海面一躍下潛的你。你好像那顆從天空中突然掉進海中的藍寶石，折射著晶瑩剔透的光，就這樣直直撞進了我的眼睛。從此以後，我的瞳孔裡便印上了你，淺淺地倒映出深邃的念想。

大海中有一則傳說，傳說鯨落海底的那一瞬間，就是往後十五年裡深海生命孕育的開始。當鯨魚閉上眼睛緩緩沉入海底，便會化作點點星光滋養整個深海，使萬物繁盛。人們說，那是鯨魚留給海洋最溫柔的遺物，但我卻認為溫柔久了好累，為什麼連到了最後，都不能留一點給自己？

那一天一如既往，我像一間不收取任何掛號費的醫院，細心地照顧每一個受傷的病人直至痊癒，然後對方說了「謝謝」、「我真的喜歡過你」，之後便消失在我的頻率裡。那時候，我覺得「喜歡」這個詞似乎過於廉價，我拿出了全部的赤誠，天真的以為自己是那個陪對方度過憂傷低潮，然後能夠相伴到老的命中注定。可是他們卻把我當成休息療傷的中繼站，說著信手捻來的愛，然後帶著完好嶄新的皮膚昂首離去，徒留我傷痕累累。

或許，那些聲波的共鳴都是假的，而我真正悲傷的頻率，沒有人能聽見。

即使心底仍然渴望，我卻漸漸地不願意再相信世界上有真正的愛情。大海裡有幾萬種動物，每日匆匆錯過彼此，瞬息萬變的出生與死亡，要怎麼奢求才能遇到一個真心相待的人呢？

鄰家的小鯊魚曾經問我：

「鯨魚哥哥也會哭嗎？」

「啊，應該不會哭吧，因為你很溫柔、很勇敢，爸爸總說我太愛哭了，所以我想和哥哥你一樣勇敢。」

用稚嫩的口氣，他對我說了像是讚美的話。其實，哥哥一點都不勇敢。而我只是笑著摸摸他的頭，什麼話也說不出口。

從眼角掉出的淚珠細細地化為氣泡被陽光折射的那一剎那，會有人留意嗎？泡泡隨著海波的浮動緩緩上升，而我輕輕閉上眼睛，想讓自己隨著水紋下墜。

心裡分明是漆黑一片，卻生活在由萬種蔚藍堆砌而成的大海裡，偶爾陽光射進海裡的時候，那種明亮的碧藍如黛與我是那麼鑿枘不入。如果能夠化成鯨落，也算是始終如一的溫柔對待所有人了吧，除了我自己以外的人。在遠古洪荒以前，鯨魚墜落海底的時候會發出聲響嗎？那些迴音會不會比平時在心底聽到的孤寂還要空洞？還是早在接近海底以前我就會化為萬點瑩瑩，再也不會跟空曠寂靜的深海共鳴出荒涼的聲音？

身旁的水色越來越接近靛青，忽然有一道影子遮住了光，於是我睜開眼睛，那便是第一次見你的模樣。
你說：「你還好嗎？需要幫你什麼嗎？」
我想說一點都不好，明明想要永眠，卻又暗自期待有人能將我接住。於是我說不出話，只是怔怔地看著你向我游來。
「你……在哭嗎？」
你露出關心的表情，卻又突然意識到自己的問句好像有點失禮，像怕打擾我獨處一樣停了下來。
於是，你成了第一個看見抹香鯨眼淚的虎鯨，即使在這四周晦暗的海裡，仍注意到了我眼角那一點微弱的希望，正在隨著眼淚從體內往外流逝。在那之後我們說了許多話，才有了現在努力學習怎麼把自己放在第一順位的我。

小虎，而今你即將遠行。夜裡難眠，所以我想把這些寫下來寄到你新家的住址，然後做你堅強的後盾，待你歸來。

祝好

——抹香鯨

集郵手冊——

以爲你都懂，卻其實沒人懂得

或許我們都大了，卻丟失了道歉與和解的勇氣。

親愛的你：

與你無話不談似乎是很久以前的事了，那之後我們都有了各自的新生活，曾經說要參與彼此婚禮的你，卻在我往後的生命缺席了，不知道你偶爾想起時是否會覺得惋惜呢？

這年仲秋，最後一葉楓紅落下之前，松鼠與他曾經那麼深愛的那個人分開了。我忍不住在想，你是否會在心裡暗自歡喜，又期許著你並沒有變成那樣抱著惡意的人，如果我們沒有吵架，你是不是也會和松鼠變成摯友，三個人一起走過這個過於清冷的秋天呢？

起初的你單純愛笑，卻有著容易吃醋的性子；而那時的我太過年輕，少了如今能靜下來傾聽你感受的沉穩。後來的你，開始對不甚親近的人抱持警惕，還有了一點不外露情緒的成熟世故，我開始覺得你難以讀懂。或許那是一種地盤意識吧，當那個不太相識的人成為我除了你以外的朋友，即使對方沒有任何想取而代之或敵視你的心態，我想，你還是會有珍視的人事物被奪去的不安吧。

最初松鼠搬來村莊時，他便與住在鄰家同齡的我成了朋友，後來我把他介紹給你時，雖然感受到你的不悅，卻也沒有仔細理解你的氣憤。當時的你是個情緒表露無遺的人，這樣的任性脾氣卻也給了我理直氣壯責怪你的理由。

「你不能對朋友占有慾也那麼強啊。」

其後，我們之間的關係就這麼不近不遠。直到某一天午餐，我告訴你松鼠有了喜歡的人，而那個人，正是你曾經在意卻從未主動靠近的對象。你立刻追問他們的關係變得如何，在我說出他們決定交往時，你紅了眼眶。

「為什麼連他也要搶走？」

於是，你責怪我沒有站在你這一邊。當時的我正值想要變得成熟獨立的青春期，對於選邊站的情緒本能地感到排斥且覺得幼稚。

「你根本沒有追他，我要怎麼站在你這一邊？」

「那是因為我還想跟他相處久一點！」

「那你怪我有什麼用？」

「我以為你懂！」

我以為你懂。

是啊，我們曾經最瞭解對方，交換著心事，參與了彼此長大的每一個瞬間。但那一刻我眼裡的你，只考慮自己而不顧他人感受。

「每個人都有些許缺點吧，能夠互相包容才能稱得上是朋友。」曾對你那樣說過的我，卻忘了自己曾說過的話。最開始的時候，我就

已經暗暗不悅於你對松鼠的排斥，當雙方都不願意認真和解時，接下來的相處又怎麼可能和順呢？

直到你搬離森林的那一天，我們都未曾再說任何一句話。十幾年從小相伴的友誼戛然而止，沒有一方願意先敞開心房，也沒有一方願意先給彼此一個冰釋前嫌的機會。

之後的許多個夜裡，我常常想起我們是如何一起長大，當我感冒咳嗽時，你是如何在下雪的夜晚端著一大碗冰糖雪梨到我的房間、當你難過時我們是如何翻出學校的圍籬，躲到森林裡的向日葵花海中吃午餐……這些少時回憶是那麼的快樂，我們卻已經不清楚對方的近況，甚至不清楚對方現在的面容樣貌如何。

現在才寫信道歉是否太遲了呢？就像小時候寫過的無數紙條一樣，這次也會和好嗎？或許我們都大了，卻丟失了道歉與和解的勇氣。森林裡的向日葵花季已近尾聲，你那裡的花草樹木又是如何呢？靜候回信。

祝好

——浣熊

想將那些過往寄到遠方

航空郵件

忘記一個人需要很長的時間，不要總是催促自己，好嗎？

親愛的你：

每當在森林看到緊牽彼此的情侶，總還是會不小心露出些許落寞的神情。曾經我也是其中一個笑得陽光燦爛的人，即使是煩悶的雨天也能因為與你共撐一把傘而變得有趣。

「我們一起買同樣顏色的雨鞋好嗎？」

「好，黃色的嗎？跟雨衣配成一套。」
「好呀。」

在煙雨茫茫的梅雨季裡，我們是彼此眼中最明亮的那個人，在石磚排列參差的橋上與蘆葦並肩散步回家。後來那把透明的雙人大傘，成了裝載我所有破碎感情的小船，載著我想丟棄的一廂情願，在雨季裡順著溪流遠遠地漂流到了山後面看不見的地方。

而今，我仍是那個站在橋上，看著一綹綹如絲細雨打進小溪裡的行人，只是傍晚時分驟雨初歇時，水窪中倒映著踽踽獨行者，僅我一人。

金絲雀問我，是怎麼那麼快放下一切將你忘記的？在他眼裡，或許我的堅強趨近於冷漠，對於一個愛了好久的人，怎麼能用一天就把相簿全部搬到森林外的回收廠丟棄，再把所有一起買的東西全都裝箱封起，她不禁覺得我的適應能力過於強大。

「你現在全部丟掉，真的不後悔？」

「我是被分手的那一個耶，才不要留戀什麼。」

「你們不是才談了一次嗎？或許還有溝通的餘地……」

「就算現在他回來找我，哪怕是提分手後的下一秒他就後悔，我也不會再和他交往了。」

我一邊裝箱，一邊擦乾眼淚，俐落的動作讓我們兩個都笑了。金絲雀本來擔心的神情似乎也因為我還能笑得出來而放鬆了一些。她或許也隱約知道，越是這種時候，我越是會佯裝堅強。你或許也為此感到困擾吧，這些年相處的日子裡，多多少少因為我的好強與愛面子而讓你疲倦，這種不輕易低頭的個性，總是伴隨著對他人眼光的在意而來。對於那麼好強的我來說，被喜歡的人拋下，甚至被檢討了性格上的缺點，都是一秒也不願意再回想起的事。

但每到夜裡或經過曾一起走訪的地方，我還是忍不住惶恐。還有人會像曾經的你一樣愛我嗎？你也曾無微不至地照顧過我，難道我的性格讓你失去了耐心嗎？失去你的我，還有能力再全心全意地愛下一個人嗎？這些問題的答案總是伴隨著月亮緩緩落至地平線之下，沒有解答。

其實我也清楚，自己並沒有像表現出來的一樣，那麼快就把你忘記。即使讓生活塞滿了工作與朋友、即使一點時間都不留給自己，但我仍知道自己是在逃避獨處與思考的時間。這些日子，努力地忘記你，回憶卻像天羅地網，總是在不經意觸及時鋪天蓋地而來，最後，我發現需要依靠的仍是時間。就像傷口一樣，不會因為把它遮住而痊癒的比較快。結痂時的陣陣發癢不適，留疤時的沮喪慌恐，這些都是必經的過程，一刻也不能勉強催促它加快速度。

今日佇足在橋上，雨後的一束束陽光灑在橋面，亮得有些刺眼。我終於不再執著於那艘裝滿悲傷的小船在什麼時候又漂到了哪裡，也終於不再覺得你的身影是日常中最明亮的風景。

祝我們都重新找到愛人的能力。

祝好

——翠鳥

森林掛號信

文學少女的憂愁

或許哪一天
我也能學著擁抱自己的獨一無二。

親愛的你：

聽說空著收件人欄位，僅在地址欄上寫下「松果路四十四號」，並貼上一張印著四時花木的郵票，就能把信寄到森林的郵筒裡。有人說收信的是一匹從寒冷北方移居而來的狼，有人說不是，但如今我覺得無論是誰閱讀它都已無關緊要。

有人能閱讀我的哀愁與自卑，甚至會讓我抱持著比恐懼更多一點的慌張。

一個名為廚川白村的人類文學作家說：「文學是苦悶的象徵。」我常用這句話安慰自己生活裡的煩惱，卻深怕它從我筆下映射出來的不是文學，僅是如一團難以解開如亂麻般的文字。

有個女孩問我，我何不嘗試寫點東西給別人看呢？何不嘗試成為一個「作家」？但是，會有人願意讀我寫的那些，可能稱不上是文學的文字嗎？或是哪日我也會寫出被時人所遺忘的煙柳風絲拂岸斜，卻被九百年後像我這樣平凡的少女所垂淚並惦記嗎？

住在森林裡的你，會害怕春天嗎？我想肯定是不會的。書上說的

「春日遲遲，卉木萋萋」必是你習以為常的風景。那些綻放的杏桃花與杜梨受你傾慕，才連郵票都要求要以花草為主。我卻害怕春天，害怕百鳥爭鳴的聲音蓋住我微弱的氣息，害怕身邊所有盎然使總是缺乏自信的我格格不入，害怕同儕的女孩們都是飛舞的鳳蝶，我卻是自縛的春蠶。

無論是待人處事的方法還是表達自己的方式，總是學得比同齡人慢，卻在想要模仿她們時，害怕自己是東施效顰，困窘又侷促不安。所以我總是不主動與其他人攀談，如果沒有開始，似乎就能避免一段關係結束後，讓對方覺得我難以相處的侷促。

這陣子我不斷定義著自己，再一次次推翻。

憂鬱的時候總會翻箱倒櫃，找出記憶中幾個覺得自己表現不好的時

刻，反覆地演練著，如果能重來，該在哪一分哪一秒說出怎麼樣的話，才能成為他人眼裡好相處的人。

有個短髮女孩告訴我，我就是我自己，這樣已經很好。我問她，像她這樣有主見的人，也會偶爾質疑自己嗎？

她說：「當然會的，每個人都會，請妳相信自己也是會有人珍惜的獨一無二。」

我會是唯一傻傻相信這個傳說，並滿懷期待把信投進郵筒的人嗎？這封手寫信，以二手市集買到的酒紅火漆封緘，並貼上十元杜鵑郵票，最後會不會淪為存局招領，終被銷毀的灰燼？

如果沒有交到你手上，或許下個月的我就會慶幸自己的幼稚沒被任何人發現。假如你真的讀了這封信，希望你能用那讀過很多個故事的雙手，梳開我的文字，從中把怯懦找出來，然後等下個梅柳渡江春的日子把它們放進河裡。

祝好

——亦舒

Chapter 2

如果鯊魚也能很溫柔

01 離家

什麼是溫柔？
在這弱肉強食的世界裡，溫柔的物種
難道就只是弱小而已嗎？

「你為什麼就是這麼懦弱？」

碰的一聲，小鯊魚甩上了門，門上的鐵鈴鐺被甩的搖搖欲墜。又是這樣的一天，與父親爭執不下並以關門聲強硬地結束話題，這可以說是最近鯊魚家的日常。

父親是退役軍人，作為海底秩序的維護者之一，他不苟言笑且嚴謹自律，有著殺伐決斷的戾氣與威嚴。在他的教導下，「鯊魚就該凶狠獨立、堅忍勇敢，並且要贏過所有人直至站上頂峰」這樣的觀念，早已深深烙印在小鯊魚的心中。然而隨著年紀增長，小鯊魚對於這樣的觀念有了疑惑。

一開始的他，並不知道這種異樣來自哪裡，也找不到適當的措辭來向父母形容內心的感受。

「凶狠」的對立面是什麼呢？他向母親稍微提出自己的疑惑，母親聽了卻搖搖頭告訴他，答案是什麼並不重要。

「因為爸爸比你多生活了很長的時間、歷經了許多風浪，他所告訴你的都是他的經驗，是不想要你將來吃虧啊。」

「可是……我還是想知道……」

「乖，爸爸都是為你好呀。」

於是，近日小鯊魚壓抑著內心的衝突，想仿效父母親的待人舉止時，心裡卻總會冒出一個聲音：「其實你沒有想像中的強悍」。因為看到比目魚同學把自己的考前筆記毫不藏私的發給同學時、看到劍旗魚同學競賽中停下來為受傷的對手包紮時，這些異樣的感受都像細細的針一樣不斷刺痛著他，提醒他應該去尋找答案。信念一旦有了裂痕，原有的堅持也會開始崩塌。曾經他以為「長大」是一條筆直的路，在遠赴的路上能拋卻所有「不適合鯊魚」的，比如「細膩」，比如「膽怯」。以為長大了，就會越靠近父親描繪的理想鯊魚模樣，而今卻發現自己越去嘗試越是無所適從，漸漸迷失了方向。

忽然有一天，他在書中看到了一個叫做「溫柔」的詞彙。書裡寫了幾篇故事，但對這個詞彙並沒有詳加註解。作者是一隻海馬，他還沒遇過這種生物。

向父親表達疑問後，父親卻嚴厲地訓斥了他，並再度開始了關於鯊魚本該強大的諄諄教誨。

「什麼『溫柔』？在弱肉強食的世界裡，溫柔的物種就只是懦弱的代名詞！」父親長年習慣軍中的條條框框，似乎總覺得「正常的鯊魚」就應該如此，比如母親身為女子既嫻熟又不失屬於鯊魚的穩重勇敢，比如身為長子的哥哥也隨著父親踏上軍人之路，大家各司其職，整個海底世界才能正常運作。

「大海有它的規則，如果每個人沒有在自己的崗位克盡職守，世界就會一團亂的。」

小鯊魚聽了還是迷惘，他想告訴父親溫柔與懦弱應該不同，卻找不到適當的字句，總在說到一半就被父親喝斥，最後無功而返。

父親喜歡剛硬的事物，比如擊劍與刀槍。幼年他曾隨著父親一同去看鑄鐵師傅打磨利器，他永遠記得父親與師父滔滔不絕地聊著武器的款式及材質，長他兩歲的兄長聽得入神，他卻覺得枯燥乏味。

最近他才發現，自己看著母親帶回家的裱花蛋糕，與哥哥看著那些金銀銅鐵時的樣子非常相似。

同樣身為父親的兒子，為什麼他們的想法會差這麼多呢？

與父母親朋友聚餐時，父親總是驕傲地說著臉上與身上數道疤痕的故事，就像細數自己的功績一樣，臉上藏不住豪邁與自信。最後，再拍拍哥哥的肩膀，一臉欣慰的樣子彷彿是在慶幸自己後繼有人，將來兒子能延續自己的英勇與驕傲。

「可是疤痕到底有什麼好驕傲的，那不是暴力的證明嗎？」這樣說不出口的糾結，總是隱沒在眾人「虎父無犬子」的大聲讚嘆中，彷彿這個問題是不應該存在的。然後，他便會在眾人聊完欲開啟下一個話題時受到視線關注。大家七嘴八舌地提出幾個陳腔濫調的問題，但問題的答案如果不符合預期，便會被以「建議」為名的議論紛紛給掩蓋。

有一次他不小心和哥哥說了，那樣的聚會都是所謂的「逢迎作戲」吧。哥哥卻指責他是因為沒被稱讚而出言不遜。母親則說這就是大人相處的方式，大家偶爾互相關心，沒什麼不好。

小鯊魚每次都覺得這些人並非真心的想知道他的想法，只是在那樣的氛圍中順水推舟問了一下，美其名為「關心」。他們關心的並不是小鯊魚本人，而是「爸爸的二兒子」。他們口中說的那些適合他做的事，無一不因他是一隻「鯊魚」而提議，彷彿他生來就該去做這些凶狠的工作，強悍地維護和平並保護弱小。然而，沒有人真的靜下來聽他真實的想法。

「他是叛逆期，才每天頂撞爸爸。」兄長和母親如是說。

僅是想表達自己的想法，就算是頂嘴嗎？僅是想被聽見，就是一個叛逆的孩子嗎？小鯊魚覺得自己的聲音彷彿連同無數個細小泡泡，在那一刻一起被帶上了海面，在缺氧以前了無聲息。

又一個與父親爭執不下的日子，夜裡小鯊魚越想越迷惘，輾轉難眠，拉開夜燈看到床頭櫃上的家庭合照便愈感難受。照片中的自己曾幾何時開始看起來格格不入，難道就如父親所說，自己才是那個不合群的鯊魚嗎？

驀地裡，他迷迷糊糊地想起一個故事，是關於一個擁有兩隻腳的人類旅行者離開家鄉，只帶一個大背包就前往北方大陸探險的故事。故事裡的人類對一切都感到好奇，在家鄉遍尋不得能夠給他完美解答的人，於是啟程到遠方尋找答案。故事的結局是怎麼樣呢？迷糊中，他似乎想了起來，卻在答案呼之欲出前沉沉睡去。

02 逆流

如果沒有逆流的勇氣，那就先順著海流踏上旅途，在每一個岔路口尋找心之所向吧。

翌日，母親打開小鯊魚的房門時，房裡已空無一人。摺疊整齊的棉被上放了一張信紙，上面寫著他的決定。「爸爸媽媽，那些你們無法回答我的問題，我決定親自去尋找答案。」

很久很久以後，他曾想過這樣的任性妄為是否傷了父母的心，卻從來沒有後悔過這一次的流浪。

「他那麼固執，是該出去歷練一下，就會成熟一點了。」

父親總是這樣，用冷硬的話語包裝每一種情緒。母親知道他是擔憂的，卻也不願意說破，只能默默關上床頭那盞因小鯊魚怕黑而買的夜燈。

小鯊魚獨自離開了熟悉的海域，沒見過的墨綠水草繾綣一旁，陽光透過海波層層灑下，宛如點點光亮被潑進了偌大的深藍色水缸。他為此景著迷，於是慢下速度，想要看清楚層層堆疊的藍是怎麼與陽光搖曳出不一樣的風景。

忽然間，他注意到了斜上方的海域有一條宛如白色絲絹的洋流，附近的魚群越過了他，順著水流游進了那條明亮的隧道裡。

如果爸爸在身邊，應該會不滿地訓斥他吧。身為那麼大的鯊魚，隨隨便便讓一條小魚超越自己，還對著一條洋流猶豫不決，是何等不妥當的行為。

他看著那道白色的光，耳邊迴盪起父親曾說過的話：「世界的規則就是如此，為何要把時間浪費在猶豫上？」對父親而言，猶豫就是畏首畏尾的表現。但小鯊魚清楚地知道，有時他並不是猶豫要不要去做，而是想知道為什麼得這麼做。若世界有其規則在，那麼制定這些規則的原因又是什麼呢？

小鯊魚隨著水波向前，游進了乳白色的洋流裡，水流外的景色開始變得模糊，他已經看不見剛剛停下來欣賞那些斑斕多變的珊瑚。

進入洋流的時候，他已經看不到剛剛超越他的那幾隻小魚了，取而代之的是控制不住力道，差點與自己相撞的海龜。

「噢嗨，抱歉、抱歉。」
「嗨，請問你這是要去哪裡？」
「我們要去北方，順著這條洋流就可以到達喔。」
聽見北方，小鯊魚想起了那個人類探險家的故事，略感興奮地接著問：
「北方，為什麼要去北方？」
「有人去那邊生孩子，不過，我只是想順著海流一探究竟而已，沒有什麼目的。」
他順著海龜的眼光看去，不遠的前方似乎有幾隻女性海龜的背影正快速地離他們遠去。
「那裡有什麼呢？」
「不知道，反正到了就知道了嘛。」海龜隨性地說。
這種沒有計劃的前行，正好與小鯊魚的流浪一樣，於是他決定隨著洋流與海龜先生一起往前。

「海龜先生，你到達北方之後要定居在那兒嗎？」

「我不知道耶，到了再想吧。」

面對海龜的輕鬆與自在，小鯊魚略感疑惑。畢竟在學校裡，每個老師都愛鼓勵學生計畫未來，即使根本不了解那個目標的實際內容，大家似乎也覺得來日方長，時間到了自然就會理解。

「海龜先生，你沒有什麼想去實踐的事嗎？」

即使知道這樣的詢問似乎有些失禮，但小鯊魚很想跟在這趟旅程第一個遇到的對象攀談。

海龜似乎感受到小鯊魚的疑惑：

「以前多少都有吧。你想問的是這個嗎？以前還在學校的時候，老師都會問，然後大家此起彼落地回答一些聽起來很酷的職業。」

海龜稍微思考了一下說：

「但是長大後就會發現，所謂的『夢想』呀，如果沒有天賦是很難實踐的。所以我只想順著洋流走，無論最後北方是什麼模樣都無所謂，無論是好是壞，反正大家都在那裡過著安穩生活，這樣就夠了吧。」

後來他們一路無話，卻還是並肩向前，直到頭頂的溫暖的陽光被銀白的月色替代之前，海龜先生打破沉默開口和他說了一個故事。

那是一個關於海龜想成為深海潛水員的故事。

故事的開頭，主角因為聽聞了海底有許多會發光的魚而想要一探究竟，飛魚告訴他海面上可以看得到「星空」。所謂的星子，是漆黑夜空裡那些熠熠點綴的微光。傳說中，深海與星空的景色是一模一樣的，於是他便以此為目標努力著，報名了訓練班，每天早出晚歸地練習。雖然身邊的親人朋友表面上給予鼓勵，他卻能感受到他們的不看好，即便如此他還是不畏艱難地持續努力。

故事的結尾，主角始終無法潛到一千兩百米以下的海域，他每日看著那些擁有身體優勢的同儕們不費吹灰之力地往下游，自己卻被壓得喘不過氣，心寒又沮喪。結束訓練的那天，教練告訴他，或許有些需要天賦的夢想很難用後天的訓練彌補，可是他的努力一定不會是徒勞無功的。但他並沒有回答，最終黯然放棄了這個目標。

「後來那位海龜去了哪裡呢？」

「……我不知道。」

海龜先生說得漫不經心。小鯊魚默默想著，這個「朋友的朋友的故事」，是不是就是海龜先生自己的故事？如果他不願承認，是不是對於自己放棄夢想的事感到不甘心呢？

小鯊魚想起了自己那個小小的憧憬。或許那根本稱不上是夢想，但每當提起未來時，浮現在腦海裡的都是自己正在做「那件事」的畫面。他未曾告訴任何人，因為那個未來並不符合父母親的期待。沒有天賦來實踐自己的夢想，就該坦然接受然後放棄嗎？可是這樣的自己會甘心嗎？他毫無頭緒，只能帶著紊亂的心情與海龜先生道別。

03 捕食

即使面對暗流洶湧總要費勁心力才能站得筆直，你還是願意挺起腰桿接受每個挑戰嗎？

小鯊魚在溫暖的淺水域看見了一個赭紅色的身影。對方有著平滑且堅硬發光的外殼與宛如鉗子般巨大的螯，近看，原來是一隻正在忙著磨造石劍的螃蟹。螃蟹先生發現了身後佇足於此的他，似乎沒空理睬，瞥了他一眼說道：

「這一帶沒什麼鯊魚，你還是別待在這裡，快走吧。」

「為什麼？這裡發生了什麼事嗎？」

螃蟹斜眼瞅了瞅小鯊魚，彷彿他是個涉世未深的孩子。

「這裡有很多漁船群聚，每個月都捕走數以千計的魚。大網子灑下來誰也跑不掉的，如果他們看到你的話……」

像是想要威嚇小鯊魚般，他繼續說：

「你沒見過捕鯊魚的船吧？他們會把你抓到船上，在你吸不到氧氣昏昏沉沉的時候，一刀砍下你的魚鰭，再把你丟回大海。沒有魚鰭後，你哪裡也去不了，只能帶著強烈劇痛不停流血，然後下墜到深海底直至死亡。」

「實在是太可怕了……」

「你那尖銳的牙齒，應該也會被拔掉拿去做飾品呢。」

或許是小鯊魚原本居住的區域離陸地甚遠，從未見過類似的事情。

連兇猛的鯊魚也這樣任人宰割的話，漁船上載的到底是什麼樣凶殘無比的生物？

注意到螃蟹先生手上一直沒停下的工作，小鯊魚忍不住湊近一看。

「螃蟹先生，請問你在做什麼？」

「打磨武器啊。為了變強，我花了很多時間把它磨得鋒利。」

小鯊魚點了點頭，想起了兒時回憶。終於找到一個也想「變強」的人了，於是他決定請教對方的想法。

「螃蟹先生，在你眼中鯊魚的形象是怎麼樣的呢？」

螃蟹先生沒有抬頭，但語氣毫不猶豫地說：

「鯊魚很好，體格強壯且游泳的速度比所有魚類都要快。如果被抓了，憑你那兩排尖銳的牙齒，或許比我磨了的劍有用許多。既然可以當海洋中的王者，就一定要用盡全力當那個最強的吧。」

「可是⋯⋯我不知道自己想不想當『王者』。」

「弱肉強食的世界裡，像你這種有先天優勢的強者是不會懂我們的感受的。」

螃蟹先生嘆了一口氣，似乎不想與年紀尚小的他爭論太多。一道陽光灑進原就溫暖的淺水域，小鯊魚終於看清了他的面容，心裡卻是一瞬刺骨寒意。

螃蟹先生身上有一道深深的疤痕，從消失的左眼處一直裂到背殼的右半。

對方注意到了他的視線，於是坦蕩說道：

「這就是我被撈上去後得到的。」

「被撈上去？」

才對漁船上的凶殘生物有了恐怖的印象，卻聽到螃蟹先生從漁船上逃脫，小鯊魚不禁產生了崇拜與敬意。

「是的，大概是四個月前……」

四個多月前，螃蟹一家正準備搬離這片海域，雖然不捨這個從小生長的地方，但近年來漁船的濫捕讓他們過得膽戰心驚，鄰居們也紛紛逃離了這裡。許多熟悉的面孔都躲不過那些駭人的天羅地網，全被抓進了那艘將這裡籠罩在恐懼與陰影的大船。他們就像海上風暴，龐大的黑影能遮住燦爛的陽光，為家園蒙上一層漆黑。每當黑幕來襲，螃蟹們便會向左鄰右舍呼喊暗號，催促大家趕緊躲進岩石縫或沙地裡。

然而，在某個新月之夜，夜幕籠罩無光的海面，使螃蟹一家及其鄰人都沒發現漁船悄然而襲。等螃蟹先生感受到天搖地動時，他們一家四口已經被裝進了一個巨大的漁網，耳邊傳來鄰人的尖叫聲，他看見鄰人拼命把螯伸出網格求救，卻只扯斷了園子裡的幾隻海草。驀地裡他們被拖離海面，摔到了堅硬的甲板上，一旁小魚離了水喘得奄奄一息。

「等他們把網子打開，我們就快跑！」妻子急切地對他說。

他琢磨著如何下船，忽然瞥見腳下的一段繩子已被磨得只剩幾根繃緊的纖維，他連忙用大螯夾緊繩子，試圖把它剪斷。

「現在！」

繩子終於繃斷的那一刻，他把妻子與孩子硬是從那細小的網中推了出去，等他好不容易擠出漁網外，地板卻傳來強烈的震動，幾個沉重的步伐聲排山倒海地向他逼近。

黑夜裡，他看不見妻兒是否躲在哪個雜亂的貨櫃之後，抑或是已經跳下了船。他只能一邊呼喊，一邊飛快地朝著海的方向逃去。終於到了船邊，他回頭尋找妻子與孩子，卻只看見晦暗濕冷的海風裡，一隻生鏽的鐵柱向他刺來……

「……等我醒來，已經在家附近。但，只剩下我一個人而已。」

小鯊魚看著螃蟹先生，他僅剩的那隻眼睛並沒有倒映出小鯊魚的身影，只有無盡空曠的海洋。那隻失去的眼睛，那道背殼上深深的裂痕，都透露出他鏤心刻骨的寂寞。

螃蟹先生拖著傷走回家，家園已是一片狼籍。一位鄰人在家門口著急顧盼，殷切地朝他跑來，慌張地問：

「螃蟹先生，你有沒有看到我的妻子？那天，被捕進漁網的那天，她就在你身邊，你有看到她嗎……」

鄰人的問句十分急促，他卻越來越害怕說出真相，最後也只能用與那日的海風一樣濕冷入骨的聲音告訴他。

——**沒有，回不來了，全部都回不來了。**

鄰人的聲音戛然而止，像被敲碎的玻璃般全部化為細砂消散在海底。看著對方逐漸空洞的眼神，他彷彿能聽見對方心裡的聲音。

——**為什麼活下來的是你呢？**

「後來剩下的人都陸續搬走了，這裡只剩我一個而已。」

螃蟹先生轉過身，最後一句話他說的雲淡風輕，但小鯊魚卻沒錯過他眼角閃爍的那一點濕潤。那一瞬間，螃蟹先生逞強的模樣讓他莫名想起了父親，父親亦是強悍倔強的人，那麼父親在「變強」以前也曾挫折、沮喪嗎？如果螃蟹先生也有健壯的體格與尖牙利齒，是否就不會留下身上與心底那麼大的傷痕了呢？

小鯊魚心底迷惘更甚，最後還是問了螃蟹先生：

「那你為什麼不走呢？」

螃蟹先生仍舊打磨著他的石劍，卻聲音低低地說了這句話。

——**逃跑是懦夫才做的事。**

04 溫柔的作家

我覺得溫柔是一種能力。感同身受別人的煩惱也許會使你憂愁，但共鳴別人的喜悅也會讓你收穫良多。

離開淺水域後，小鯊魚的心情更加低落了。

耳邊迴盪著螃蟹先生在他離開前叮囑的話：「你爸爸說得很對，要比其他人都勇敢，必要時候得凶狠一些，才不會落得像我這個樣子。」螃蟹先生的身形比他還小，卻仍不放棄變強，天生就擁有游速與尖牙的自己如果不善用這些能力，是否很對不起那些想要擁有卻得不到的人？

不知不覺，他游到了一個略為幽暗的海藻叢生之地。海藻並不高，只是盤根錯節的形成一大片墨綠，放眼望去密密麻麻的叢林之間似乎沒有任何住民。一陣暗流經過，水草晃動之間，小鯊魚發現了一枚黃色鉤子形狀的物體，他游近一看，原來是一隻海馬。

在閱讀那本海馬寫的書以前，他對海馬的印象來自於大人們茶餘飯後的討論。

「海馬這種族群最奇怪了，長得不像魚，而且竟然是由男性撫養小孩。」

父親說得嘖嘖稱奇，哥哥則追問那句話的意思。

「就是爸爸負責帶小孩啊，只有雄海馬有育兒袋而已，雌海馬都不知道在幹什麼。」

小鯊魚開口對他說：「你好，請問這裡是你的家嗎？」

這個龐大掠食者的不請自來，並沒有讓海馬因而害怕，轉過身對他說：「對，很不巧我的鄰居們都出遠門了，妻子也剛好不在家，不介意的話歡迎你來坐坐。」

他說話的聲調不高，卻有著不可思議的柔軟，讓小鯊魚不自覺地很想繼續與他攀談，於是游到了海馬身邊。

「你的花園好漂亮。」

與螃蟹先生那早已陳舊並堆滿雜物、石塊的花園不同，海馬家前面的花園充滿暖色系的珊瑚與細小的花朵，風車被插在花盆上方，偶爾迎來暗流而刷刷地轉著。

「謝謝，我很喜歡布置花圃。」

小鯊魚感到訝異，他一直都認為照料植栽這種細心的工作是女性專屬的，連母親都不擅長也不甚喜歡這種細膩的工作，就更別說是父親了。父親說，鯊魚不該浪費時間在這些生活瑣事上，有些魚適合當警察，有些魚適合當園丁，鯊魚必定是屬於前者。

「請問你的妻子去哪了呢？」

「她去工作了呀，晚上才會回來。過一會兒我要準備晚餐，如果有空也歡迎你留下來。」

小鯊魚雖然心下感激，卻越來越疑惑。這就是傳說中的「家庭煮夫」嗎？

海馬先生似乎察覺了他的想法，不疾不徐地告訴他：

「我是家庭主夫沒錯喔。雖然待在家裡，但也十分忙碌呢。除了照顧孩子，還要準備一日三餐和整理灑掃。」

「孩子？」

海馬先生摸了摸自己的肚子。小鯊魚這才發現，對方的腰上有著一層薄薄的白色袋子，裡面似能見到一顆顆圓滾滾的魚卵。

海馬先生把茶壺與點心端上了花園裡的小木桌，他沏的茶有著令人放鬆的醇厚香味。草莓蛋糕上的鮮奶油打得恰到好處，小鯊魚端詳半晌，慎重地將一口綿密的鮮奶油花放進嘴裡品嚐。

「海馬先生，蛋糕是你做的嗎？好好吃。」小鯊魚驚豔於在味蕾中綻放的滋味，忍不住睜大了眼睛。

「看來你也喜歡甜點呢，平時也會自己烘焙嗎？」

海馬先生溫婉的問道，小鯊魚臉上的笑容卻漸漸褪去。「爸爸說，鯊魚不應該學這種事情。他說煮飯這種事適合小動物，鯊魚閒暇時間應該勤加鍛鍊，否則太浪費自己的先天優勢……而且我的魚鰭太大了，將來也會越來越大，可能不適合做這種細心的事。」

小鯊魚越說越小聲，擔心這樣的話是否有些失禮，但又無法隱藏這些縈繞於心頭的煩悶。

「其實，我曾經也不想當家庭主夫的。」

海馬似乎理解他的顧慮，以較為輕快的口吻繼續說：

「那時候有一點叛逆，覺得只有雄海馬身上有育兒袋實在太不公平了。我還告訴我的父親，以後絕對不要結婚，就不用背負這些責任。」

「後來呢？」

「結果遇到了我妻子，我才發現自己很喜歡照顧人。」

海馬先生說著又摸了摸肚子。

「把家裡的一切都打理妥貼，讓妻子回來的時候看見乾淨的房子和一桌香氣四溢的飯菜，原本疲倦的樣子都一掃而空，我很喜歡這種感覺。小鯊魚，做自己喜歡的事或許要背負不同以往的責任，但那種滿足與喜悅，希望你有一天也會理解。」

海馬先生說得真摯，他的話像冬日裡的燭火，僅僅一點就能燃起原就藏於小鯊魚心中的大捆木柴。

「海馬先生，請問你覺得『溫柔』是什麼呢？」小鯊魚不禁想知道更多。

「怎麼會問這個問題呢？」

「因為我之前看了一本關於溫柔的書……」

「我覺得溫柔是一種能力喔。」

「就像愛人或是照顧人那樣。當你選擇要擁有溫柔這種『狀態』，就是想要用這樣的心態來對待周遭發生的事。在選擇當一個溫柔的人以前，面對一些無關自己的事時，會迅速將自己抽離，不想承擔那些事帶來的煩惱；可一旦選擇成為溫柔的人，並用同理心去看待那些事之後，雖然會感同身受那些煩憂，卻也能收穫許多。」

海馬先生在小鯊魚的杯子裡添了熱茶。蒸氣霧騰騰地遮住了小鯊魚的視線，他忽然覺得自己應該重新審視過去對於同學們善良義舉的疑惑。幫助競爭對手這種事，是不是讓那些同學得到的滿足比贏過他們還多呢？還是他們根本已經不在乎這種問題了呢？

那麼「堅強」與「溫柔」是不是與父親說的不同，其實是可以並行的呢？

「或許你現在覺得自己不適合學習烹飪。」
海馬先生遞了一塊草莓蛋糕到小鯊魚面前。
——**但只要足夠喜歡，你一定做得到的。**
海馬先生溫柔地說。

05 笨拙

也想做深海裡溫暖的發光體，專心傾聽你的所有煩憂。

告別了海馬先生，小鯊魚帶著被填飽的胃繼續前行。

海馬先生說自己喜歡照顧人，選擇當一個溫柔的人。以往小鯊魚對「照顧」的想像，是像父親那樣剛強果敢地保護眾人的安危，維護家園的秩序；而海馬先生溫柔的嗓音似乎能夠療癒每顆困頓的心，用不一樣的柔軟照顧了自己。

今天的陽光有點耀眼，小鯊魚帶著愉快的心稍微向海面靠近了一些。他看見一隻月亮魚正在曬太陽，對方離海面很近，似乎隔著水面在與海鳥交談。

小鯊魚緩緩靠近，卻在快要到月亮魚身邊時不慎嚇跑了海鳥們。

「抱歉。」小鯊魚對月亮魚說。

月亮魚沒有生氣，陽光下的他看起來心情十分不錯，身上有點點銀光，稍稍轉動便折射出不同的燦爛。

「請問你們是不是都很喜歡躺在海面漂浮呢？」小鯊魚想起了之前的傳聞。

「對呀，這樣很放鬆很舒服呢，還可以看看天空。」

天空。小鯊魚想起了星空的故事，不禁問道：

「月亮魚先生，請問你有看過星空嗎？」

「好像有……夜晚飄在海面的時候，一切都很如夢似幻。有時候會覺得自己異常地清醒，有時候又會覺得夜晚所見的事物都像一場夢……」月亮魚說。雖然這個答案十分模糊，但小鯊魚卻感受到他是在認真回答而非隨意敷衍。

他們共游的路上遇到很多魚，幾乎每一隻魚都熱烈的呼喊月亮魚的名字，並同他打招呼。月亮魚的外貌毫不起眼，卻好像明星一樣受歡迎。

「你可以跟他們一樣，叫我阿月。」

這天，小鯊魚頭一次在這趟旅程中不再戰戰兢兢地思考關於人生的課題。

他們談論洋流、分享去過的海域，也聊聽過的奇聞趣事。阿月就好像一個溫暖的發光體，以往當小鯊魚說起自己的事情時，他總是擔心說出來的話不夠有趣，可阿月表現出專心聆聽的模樣，使他不知不覺放鬆了心情。很早之前，小鯊魚就發現自己不擅長開啟話題，總是斟酌著與陌生人之間的距離，生怕對方覺得無趣或厭煩。如果是父親，一定不會有這樣遲疑吧，他說不清出這樣是為別人著想，還是像父親所說的是膽小的表現？

阿月是一個有趣的分享者，也是一個耐心的傾聽者。小鯊魚不知道對方究竟是對每件事都很好奇，還是純粹喜歡與人談天。

「有一次我到了西南方，那裡的海鳥跟我說，陸地上的人類以為我是漂浮在水面的大石頭！」

「阿月，你去過好多地方。」

「對呀，還有很多地方沒去！我的夢想就是環遊世界，現在也正在努力中呢。」

其實，小鯊魚聽過很多說月亮魚一族看起來很笨的閒話，但他卻不這麼認為。阿月雖然憨厚耿直，可說來的話卻宛如暖流，難怪剛剛碰到的魚兒們都那麼喜歡他。因為阿月對待他們時，都是真心實意的情緒。

「小鯊魚，你以後想做什麼呀？」

聽到這個問句時，小鯊魚想起自己此行的目的，卻不再感到壓力。他能明白月亮魚的提問完全是出於關心與好意，和那些為了鼓勵學生規畫未來的老師們不一樣，和那些把他視為「父親的兒子」而提問的叔伯不一樣。

終於，問問題的人是真正在乎小鯊魚的想法。

小鯊魚燃起了一絲希望。原本和海龜先生談話以後，他偷偷地放下了自己的憧憬，想先處理好與父親之間的問題。但隨著旅行天數日益增加，他發現逃避自己的夢想，一部分也源自於身為「一隻鯊魚」的關係。

鯊魚凶狠獨立，適合做一些勇敢的工作，然後受人敬畏，這是他從小聽到大的話。於是，將自己喜歡的事情強行壓下，不再繼續往下想。

他想起離家那天湛藍大海的風景，那種想把層疊蔚藍都畫上光滑如鏡的蛋糕淋面上的衝勁。他想起偷偷在兒時好友家烤蛋糕時為派皮戳洞時的毫不猶豫，原來愛一件事情從來不應該畏首畏尾。

小鯊魚深吸了一口氣說：

「我想，做一個甜點師。」

小鯊魚終於瞭解了，一直以來的逃避是因為害怕失敗吧。害怕把憧憬變成夢想後，會招來四面八方的意見與目光，並在軍警世家中成為一隻特立獨行的鯊魚。

這些年來，他無視自己的興趣與夢想，不停地催眠自己這只是一個小小的「憧憬」，然後裹足不前。他想起螃蟹先生說的話。

——逃跑是懦夫才做的事。

從現在開始，他不想再做一個膽小鬼了。

「太好了小鯊魚，等你變成甜點師之後要烤很多個蛋糕給我吃喔。」阿月笑呵呵的說。

「你會不會覺得，一隻鯊魚想當甜點師很奇怪？」

「怎麼會！」阿月瞪大眼睛，「做什麼工作和是什麼魚……沒有什麼關係吧。」

小鯊魚點了點頭。

「你很擔心嗎？」

「以前很擔心，但從今天開始我不想再害怕了。」

聽到這句話，阿月咧嘴笑了笑。

「等你變成甜點師，一定要第一個告訴我。」

「等我變成甜點師，一定會第一個告訴你的。」小鯊魚堅定地說。

06
獨立

希望你也能學會擁抱那些失去，讓海流帶走所有不值一提的閒言碎語。

小鯊魚告別了阿月，獨自思考著這幾天聽到的故事與勸告，思緒卻纏繞成一團。雖然說出了自己的夢想，但實際冷靜下來後又開始煩惱該如何回家告訴父母。對於和父親溝通，他還是有些膽怯的。

他想起書上說過，海面以外能看到一種名為「雨」的水滴。那個需要躍出海平面才能看到的現象，像墜落速度很快的泡泡，卻又像是從空中灑下的絲線。而下雨的時候，大海就會像今天一樣灰暗。但他這輩子是不可能見得到「雨」的。很多事情，無論再怎麼想，最終都只是徒勞而已。

不知不覺，小鯊魚向下游到了自己居住的深海域。距離海面越來越遠，水色也成了幽暗的鈷藍，廣闊的大海中偶爾能聽見不知從何而來的幾聲回音，好像只剩下自己。

小鯊魚發現自己與父親爭執不下，其實並不是因為自己不像「鯊魚」，而是不敢違背父親期許的恐懼。

父親用「為了你好」要求他「像一隻鯊魚」並不是荒唐的理由，那是因為父親一直以來都以「鯊魚」而受人敬重，理所當然地希望孩子與他一樣順遂。那些「好」亦非空穴來風，小鯊魚多多少少也在成長的過程中，感受到作為鯊魚是一件值得驕傲的事。如果追尋一個截然不同的夢想，他仍能擁有身為鯊魚的驕傲嗎？小鯊魚想起曾被嘲笑長很醜的水滴魚同學，想起被父親說怪異的海馬先生，忽然厭惡起了曾經驕傲的自己。

想了那麼多，思緒卻沒有比較開闊，小鯊魚不禁氣餒。微光之下，他看見沙土上好像有什麼在移動。

好奇心驅使之下，才發現那一片平坦土地上，有一隻寄居蟹隱居在此。寄居蟹的大殼是米白與鵝黃交錯，隱身在色澤相似的沙土中。寄居蟹被他的突然造訪嚇了一跳，趕緊躲進殼裡，問道：「有什麼事嗎？」

小鯊魚禮貌地回答：「不好意思嚇到你了，我只是路過這片海域，剛好注意到你而已。」寄居蟹小姐看他年紀稍小又沒有敵意，放下了一半的戒心，輕說了一句「沒關係」。

「請問你一個人住嗎？」

小鯊魚四處看了看，以為會看到其他鄰人，四周卻誰也沒有。

「當然，我連自己的家都帶著了。」

「我還以為寄居蟹們也會住在一起呢。」

「和其他人一起住太麻煩了，我並不喜歡。」寄居蟹小姐搖了搖頭。

「自己住，不會覺得寂寞嗎？」小鯊魚小心翼翼地問。

寄居蟹小姐微微瞪大了眼睛，彷彿對他這個問題十分不可思議。

「怎麼會呢？我覺得這樣最自在了。不用遷就其他人的喜好、不用互相干擾作息，這樣對我來說最舒適了。想要搬家的時候就搬，想要旅行的時候就馬上出發，不需要綁手綁腳的。」

「那生病的時候怎麼辦呢？」

「好好照顧自己就不會生病了。」

寄居蟹小姐說得輕巧，小鯊魚不禁佩服她的孑然一身。

「真厲害呢。」他不小心脫口而出這句嘀咕。

寄居蟹小姐似乎被他的單純逗樂，笑了笑說：「你是第一個這樣對我說的。很多人說我孤僻、不合群，好像不跟其他人一起住是因為我身上有病毒還是什麼的。」

她看向遠方，似乎不置可否。

「不過我不在乎。他們怎麼想，跟我一點關係也沒有吧。」

「寄居蟹小姐，這裡好安靜。」

「太過張揚沒有好處的。」寄居蟹小姐抬眼示意小鯊魚往左方看。

順著視線，小鯊魚看見左方有幾枚空空如也的大扇貝，了無生氣的堆在砂土之上，被更多的石子覆蓋。

「他們成天顯擺自己的珍珠有多明亮圓潤，結果那些珍珠被潛水而來的陸地生物挖走了。」

小鯊魚聽見會抓魚的陸地生物，忍不住想起了螃蟹一家的恐怖遭遇，打了一個冷顫。

「但……那也不是他們的錯。」

「當然。」寄居蟹小姐的聲音平淡沉穩，卻透著一絲冷漠，小鯊魚讀不懂她真正的意思。

「但在這世界上能保護自己的，也只有自己而已。連對自己負責都做不到，還想要等著別人來保護嗎？」

小鯊魚怔了一下，作為軍官的兒子，他常看著父親他們執行保護弱小的職責。但是海洋廣闊，原來也有那麼多如同螃蟹或扇貝等等來不及被保護的人。如果自己也成為軍官或警察，應該會對無法拯救到的人感到愧疚不安吧。他似乎又看見除了興趣以外，自己細膩性格與那份職業相左的課題。

小鯊魚心裡千迴百轉，寄居蟹小姐說完似乎也不想多做解釋而默不作聲。或許她就是這樣吧？不太在乎其他人的想法或觀點，才能獨善其身又安穩地生活於深海之中。

如果不要過於在乎他人，大家都能過得自在很多吧。如果不要過於擔憂他人的看法，或許自己就不會出來流浪了，因為無論是甜點師或軍警，他都能照著自己的想法馬上做出選擇。

「你親眼看見那些抓魚的陸地生物了嗎？」

「看見了，那一天我就在這裡。」

寄居蟹小姐說得冷靜，彷彿她沒有親眼見證扇貝的死亡，陳述一件再稀鬆平常不過的事。

「寄居蟹小姐，你不害怕嗎？」

「當然害怕了。」她垂下眼簾「但我一隻寄居蟹能做什麼呢？無論我做什麼都於事無補啊。」

然後她說了一句讓小鯊魚印象深刻的話。

——這種時候，都會覺得被抓的不是自己就好吧。

而他竟無力反駁。

07 追逐夢想的魚

歲月把他的好奇心刻成更實際的模樣，但他的雙眼依然閃爍著光芒。

有時越是親近的人，就越在意他們的看法。因為害怕被否定而躑躅猶豫，小鯊魚從不曾在家人面前提起對做甜點的興趣，反而在陌生的海域向初次認識的月亮魚傾吐了心緒。

小鯊魚想起了不久前的課堂作業，老師點了幾個同學上台回答，題目是「以後想做什麼呢？」沒想到自己是其中之一，在老師與同學們閃閃發光的注視下，他不敢猶豫太久，用細不可聞的聲音說：

「警察。」

同學們面露欽佩，老師微笑著說太好了，這樣有爸爸當你的後盾。這個答案就像是一條不會改變的公式，大家都認為理所當然。

那時，沒有任何人聽出他的聲音裡充滿矛盾與不安。腦中缺氧的感覺，與在家和父親爭吵時的痛苦，如出一轍。

驀地裡，小鯊魚看見了一個熟悉的身影，他加快速度游過去並大喊了一聲：「等等！」對方轉過身來，那一刻眼前的身影與童年記憶重疊了起來。

「斑斑。」

名為斑斑的小魚瞪大了眼睛說：「小鯊魚！是你！」

那是一隻月斑蝴蝶魚。斑斑和小鯊魚是兒時玩伴，家住附近，鄰居總是覺得這對體型差距很大的青梅竹馬非常神奇，每次先看到小鯊魚後才會發現月斑蝴蝶魚的小巧身影，那段時間他們形影不離。

雖然如此，在他們的相處模式裡，斑斑才是比較像大哥的那一個。他好動、活潑、勇敢，相比兒時容易膽怯的小鯊魚，斑斑聰明又對事物充滿好勝心，總是領著小鯊魚去各個海域探險。

然而，父親不只一次在小鯊魚回家時板著臉告訴他：「你怎麼不看看哥哥交的朋友，都是怎麼樣的魚。座頭鯨、虎鯨、海鰻，你別老跟隔壁那小子混在一起。」

母親看小鯊魚一語不發，試圖緩頰：

「小朋友一起玩沒什麼的，你別這樣總拿哥哥比……」

「混在一起就算了，凡事都聽他的，你有沒有主見？你是一隻鯊魚，成天跟在那隻扁扁的小魚屁股後面是怎麼回事。」

「好了，你少說兩句……」

父親氣不打一處來，母親知道怎麼勸也沒用，於是也沉默了下來。小鯊魚的淚憋在眼眶裡打轉，一家三口不發一語，直到兄長回家。

「我今天又跟虎鯨比賽游泳了，一直游到西邊的石柱那裡，今天是我贏了！」

哥哥不似他善於察言觀色，隨口打破了這段僵硬，興沖沖地與父母分享著出去玩的瑣事。父親怒容稍緩，母親則摸了摸小鯊魚的頭，要他回房間。其實小鯊魚很想大聲告訴他們，早在很久以前，他就已經跟月斑蝴蝶魚一起去了比西邊石柱還要更遠、更遠的地方。

斑斑與他的體型差太多了，體力上自然也有顯著的差距。可是斑斑卻比他還要有毅力，即使累了也不願放棄，於是他們花了一天走走停停，終於看到那從未見過的風景。

那片美景，小鯊魚未曾與父母分享，卻深深烙印在腦海中。

「斑斑，你怎麼在這？」

「我跟隊友來這附近比賽！」

「那你怎麼自己一個人，你的朋友呢？」

斑斑不好意思地笑了笑：

「我想回憶一下小時候住的地方，就自己游過來了。」

小鯊魚才驚覺一路上滿腹心緒，竟不知不覺游到了靠近家的海域。

那一年的後來，小鯊魚開始有意無意地疏遠起斑斑。也許是心中擔心待在斑斑身邊會「很遜」的心理作祟，亦或是父親的責怪貶斥讓他只想逃避任何可能會造成爭吵的事物，他開始找理由婉拒斑斑的邀約。

終於，小鯊魚的窗外不再有斑斑朝氣蓬勃的呼喚聲，他自己也越發沉默了。

「自從我搬家後我們就沒再見過了，對吧？」

「對呀，你現在過得好嗎？」

那一刻，小鯊魚是真心希望月斑蝴蝶魚過得比他還好，不要迷惘、不要徬徨，最好就像小時候那樣，只要找到目標就能無懼一切地勇往直行。

「還不錯！每天都在練習，時常要隨隊出遠門比賽。從小我就想當競速選手，爸爸媽媽也支持我，所以搬家之後就加入那個村的兒童競速班。後來又去正式的培訓班，來這兒就是為了參加區域比賽……」

斑斑滔滔不絕地和他解釋著近況。小鯊魚一方面為了當年疏遠斑斑而感到歉疚，一方面聽完斑斑追夢的過程又感慨於自己還止步於此，複雜的情緒交織於心，使他有點鼻酸。

「那太好了。」

眼前的月斑蝴蝶魚依然是那麼喜歡整個海洋、那麼執著於追求夢想的少年，歲月把他的好奇心刻成更實際的模樣，但他的雙眼依然閃爍著光芒。

「斑斑，你還是跟以前一樣很會實踐計畫，真是太好了。」

他由衷地說。

時至今日，小鯊魚才突然想通了這些細節。越是被父親的話影響，行動時考慮的就越多，以至於綁手綁腳，形成一個惡性循環。當年那樣疏離斑斑亦是如此，只是年幼的他不及細想這麼多，只想逃離一切會惹父親生氣的事。即便如此，他還是十分掛念斑斑，這個朋友帶給年幼的小鯊魚很多勇氣與回憶，要不是他，那些遠洋如夢似幻的景色至今或許他都未曾看過。

包括現在。如果不是小時候與斑斑一起旅行至那麼多地方，小鯊魚或許沒有勇氣自己一個人出遠門冒險。

「你呢？你最近在做什麼？」

「我……現在正在一個人旅行。」

斑斑似乎有些驚訝，隨即露出開懷的笑容。

「那真是太好了呢！」

08 之所以爲堅強

或許「溫柔」在脆弱時被視爲無用之物，但在你成爲一個強者之後卻會是保有初心的最強盾甲。

離家越來越近，小鯊魚的內心也越發忐忑，他還沒想好要如何與父親溝通。這些年來，自己應該也有成長，從最初沉默以對到開始反駁父親說的話。

只是，到底要怎麼改變父親根深蒂固的想法呢？

「如果沒辦法說服爸爸，這趟旅行會不會都白費了呢……」

「不會白費的！」斑斑在聽完小鯊魚這陣子的故事後堅定的說。

「不管伯父說什麼，你早就下定決心了不是嗎？」

「萬一他還是聽不進去……」

「小鯊魚我問你，」斑斑認真地看著小鯊魚，「如果伯父說不行，你就會放棄當甜點師嗎？」

「……不會！」

「那就不要擔心了！」

小鯊魚忽然覺得斑斑也成為了一隻溫柔的魚。

「溫柔」到底是什麼呢？

在遇見海馬先生和月亮魚先生後，小鯊魚以為「溫柔」都是說話輕聲細語的。可是斑斑很活潑，講話又精神又大聲的，「溫柔」這個詞用在他身上卻一點違和感也沒有。

如同海馬先生說的，溫柔是一種能力，足夠強大的人就能夠「選擇溫柔」。

所以，溫柔也是有很多種的吧？

忽然一陣強勁的水流猛勁地劃過，密密麻麻白色氣泡打破了寧靜深藍，小鯊魚與斑斑還來不及穩住身體，造成水波搖盪不安的巨大生物卻已經以迅雷不及掩耳之姿到了百米之外。

然而，海流裡卻傳來了焦灼倉促的呼救，定睛一看，被龐然大物追逐的是一隻有著銀色流線型身影的魟魚。

斑斑焦急地說：「魟魚背後那隻大魚是不是發狂了？他的眼睛……」來不及說完，他的視線猛然被身旁的小鯊魚擋住。水流碰撞交纏，那隻兇猛大魚竟拐個彎衝了過來，在追逐努力逃跑的魟魚途中又想把斑斑咬進嘴裡。

小鯊魚內心十分驚慌，那是一隻體型比自己大兩倍的成年雙髻鯊。對方雙眼發紅且呼吸急促，明顯失去了理智，那布滿血絲的雙眼在深幽湛藍裡格外怵目驚心。

魟魚似乎已經無力呼救，只用求生本能倉皇逃生，眼看好幾次險象環生，小鯊魚再也沒有時間猶疑。

「斑斑，你快去礁石縫躲著，不要出來！」小鯊魚說完，頭也不回地往雙髻鯊的方向游去。

成年雙髻鯊的游速十分迅疾，咬合力也是驚人，小鯊魚雖然心知自己處於下風，卻無法見死不救。混亂的腦海中卻清晰浮現了幾句話，比如父親說溫柔是弱小無用，比如海馬先生說溫柔是感同身受。

——這一次他想做一隻既溫柔又勇敢的鯊魚。

千鈞一髮之際，在雙髻鯊對著魟魚張開血盆大口時，小鯊魚硬是往對方的肚子咬了下去。嘴裡全是在水裡蔓延開來的鮮血，雙髻鯊吃痛地大聲咆哮，扭腰將他甩了出去。氣泡與腥紅遮住了他的視線，他知道自己對雙髻鯊造成的傷害肯定不大，卻能讓那隻魟魚有多餘的時間游到遠一些的地方。

腥紅散去，視線清明了些，他穩住了身體卻慌張地發現魟魚並沒有遠去，而瞋目切齒的雙髻鯊將目標轉向了自己……

「你快逃啊！」那一瞬間小鯊魚反射性地閉上了眼，聲音早就破碎而顫抖，卻仍心繫對方的安危。

想像中的劇烈疼痛卻沒有席捲他的神經。

睜開眼睛，小鯊魚看見魟魚在他身前緊張地發抖著，銳利的尾刺插進了雙髻鯊的身體，雙髻鯊的面容因痛苦而扭曲，眼中的血紅也漸漸淡去。不遠處傳來鳴笛聲，深海員警趕到了他們身邊。

「真是太抱歉了。」座頭鯨警察看著他們有驚無險的模樣，似乎有些驚訝地說：「他是吸食毒品的逃犯，你們沒受傷真是太好了……」

雙髻鯊被綁上了救護車，斑斑連忙游近他們卻驚呼了一聲。

「請、請問您是那位南方競速代表隊的魟魚小姐嗎？」

「咦，你認得我？」那位魟魚小姐似乎有些不好意思，淺淺地笑了一下。

「當然！」斑斑眼睛裡透著光，一臉崇拜的樣子。「難怪您游得那麼快……」

「真慚愧，要不是你們，我差點就要被咬了。」原來這位魟魚恰是競速比賽的新星，去年以最年輕之姿奪得了比賽冠軍。她並沒有比小鯊魚和斑斑年長很多，卻有了一番佳績，使得培訓班的年輕學子們都把她當成目標。

「這位鯊魚朋友，真的很謝謝你。」魟魚向小鯊魚深深地鞠躬。

「沒有沒有，我根本沒幫上什麼忙。是妳的尾刺救了我們。」小鯊魚有些羞赧地說。

「不，謝謝你幫我爭取了時間……」

於是，話題開始圍繞著小鯊魚打轉。一同經歷的凶險使他們對彼此感到格外親切，不知不覺中，小鯊魚把最近與爸爸發生的爭執告訴了她。

「我很苦惱，不知道要怎麼改變爸爸的想法。」

魟魚小姐思考了一陣子說：

「你要不要試試看，不要改變爸爸的想法？」

「什麼意思？」

「或許這樣說不是很明確，但小鯊魚你想想，爸爸已經活了那麼多年，那些想法很難因為你的一席話就全部被推翻的。」魟魚小姐認真的說。

「小鯊魚，不知道這樣說你會不會不開心，但我可以理解你爸爸說的『弱肉強食』。」魟魚小姐又接著說：「大海是很現實的，如果不努力向前，就可能會被其他人落下。就像你想做甜點師，也要做出相等的努力，甚至更多，才可能脫穎而出。你也希望自己的甜點被大家所喜愛吧？」

「當然！」小鯊魚點點頭，他還希望未來會有人會為了品嚐他的甜點，從遠方不辭辛苦而來。

「即使是這個夢想，也是必須競爭的，這就是所謂的『弱肉強食』。」

小鯊魚想，如果爸爸和他討論的時候也能這樣靜下心來就好了。

「或許『溫柔』在脆弱時被視為無用之物，但在你成為一個強者之後卻會是保有初心的最強盾甲。」魟魚小姐認真的說。

「變強之後，身邊越來越空曠，就越可能迷失方向。一不小心，變得太過於自私，或太過於冷漠。所以，這時候就要堅定的要求自己做一隻溫暖的鯊魚吧。」

「妳是說……不要想一下改變爸爸的觀念，但還是可以把心中想法先好好傳達給他，對吧？」

「嗯！」魟魚小姐面帶謝意，真摯地說：

「況且你現在就已經很勇敢啦，絕對不是你口中說的膽小鬼。」

那一刻，小鯊魚終於下定了決心。

09 回家

有些熱愛值得他義無反顧，正如有些溫柔從不與堅強相抵觸。

「斑斑，謝謝你陪我回來。」告別了魟魚小姐，斑斑與小鯊魚終於抵達了家門口。

「我本來就想回來看看的。」斑斑向小鯊魚投以一個鼓勵的眼神。

「明天見！」

小鯊魚答應了要去看斑斑比賽，兩人異口同聲地說，就像當年每一次冒險的約定一樣。

終於到了家門口，小鯊魚深吸了一口氣。

這趟冒險，小鯊魚從海龜那裡看見了順流而行的輕鬆，卻也看到了他眼裡閃爍的不甘心；從螃蟹那裡了解弱小造成的悲劇，卻也迷惘於強大與溫柔的抉擇；從海馬那裡打破了一直以來的刻板印象與成見，也理解了溫柔的模樣。

從月亮魚那裡得到了吐露心聲的勇氣，下定決心往夢想邁進；從寄居蟹身上看見了與世無爭的獨立與悠哉，卻也看見了他對社會與周遭的冷漠；遇見依然明亮的斑斑，與心中那個聽從父親的話卻傷害朋友的自己和解；最後，在魟魚身邊想通了，原來溫柔與堅強是相輔相成的，從來不是對立面。

回到家，首先見到的是母親，她的眼眶微紅。在遇見斑斑後，小鯊魚回想起母親並不是沒有為他說過話，只是她把管教孩子的事交由丈夫作主，所以不夠強勢。

小鯊魚曾在心裡埋怨母親的息事寧人，問題不但沒有被解決還日積月累，最後引爆了互不理解與憤怒，讓他只想逃離這個不溫暖的家。他不只一次希望母親能再堅定一點地阻止父親，但她似乎只希望他們不要在家硬碰硬。

但看著母親抱著他哭泣的模樣，小鯊魚心底的一絲埋怨卻化為歉疚與心疼。在這樣以父親為主的家庭裡，母親是用自認為最好的方式在照顧他們三個。

她或許認為丈夫那樣表達的方式不對，卻仍是為孩子著想，所以才總是默默在中間，勸說著雙方不要那麼激動，卻徒勞無功。

小鯊魚決定向母親道歉，但在說出口前，卻先聽到母親說：

——**對不起**。

他瞪大了眼睛，淚水奪眶而出。

「對不起，每次爸爸那樣罵你的時候，我應該要替你說話的。」

「沒有，媽媽，我才應該對不起……」

「沒事的……」

「讓您擔心了，對不起。」

小鯊魚終於頭一遭覺得母親有在認真聽他說話，不再是「你不要想這麼多」、「爸爸都是為你好」的答覆。於是他們一起說了許多話，然後攜手走到了廚房。

「媽媽等等煮晚餐。你想喝什麼湯？」母親似乎擔心他在外餓著了，從櫃子裡取出許多食材。

小鯊魚看著母親的背影，下定了決心。

「媽媽。」

「嗯？」

小鯊魚深吸了一口氣，「我想做甜點。」

「現在嗎？」母親疑惑的問。

「不是現在，」小鯊魚終於破涕微笑說，「是以後！」

小鯊魚把明天要去看斑斑比賽的事告訴了母親，母親點點頭說：

「斑斑是個好孩子，你們還能見面，真好。」

小鯊魚不知道母親當時是否也注意到了他們的疏遠，但現在已經不重要了。他知道自己以後想要成為什麼樣的朋友，期望自己也能像阿月那樣，做一個善於傾聽並且為對方加油打氣的溫柔鯊魚。

父親回家了，儘管小鯊魚已從母親的口中聽說父親這幾天都早出晚歸，出去尋找自己的事，但父親的神情冷峻，他仍大氣不敢透一口。

原來父親是那麼擔心他的嗎？一頓飯下來父親卻恍若無事，沉默地吃晚餐，並沒有開口。小鯊魚偷偷看著父親，發現他一直是這樣的，一生都與「威嚴」二字相伴相生，從不多言，也不隨意流露情感。

他卻也注意到了父親眼下的淡青色。

後來哥哥先開口打破了沉默：「喂，你終於回來啦，去了哪？」

「很多地方，可能有些地方你還沒去過呢。」小鯊魚有些打趣地說著。

「呿，怎麼可能！」哥哥給了他一個白眼，逕自坐到了他旁邊。

母親看著小鯊魚，彷彿給予他勇氣一般的用眼神鼓勵他先開口說話。

「爸爸，對不起，我擅自亂跑出門害你們擔心了。」

「嗯。」父親繼續吃著晚餐，「去了哪裡？」

「去了北方，還有接近沿岸地方，還遇見各式各樣的魚。」

「然後呢？」

「然後問他們很多問題，聽了很多學校裡沒聽過的故事。」

「嗯。」父親依舊寡言，並沒有抬頭看他。

「我還遇到了那本書的作者，那位海馬。」

父親聽了，重重放下碗筷。

「所以，你還不放棄那隻小魚寫的溫柔理論嗎？回來還是要跟我爭一樣的事情？」

父親顯然動怒。母親似乎不想再做那個調解他們情緒的人，按著大兒子的手示意他不要插嘴，靜靜地讓父親與小鯊魚對話。

「不，爸爸，大海的確是弱肉強食，不只是大海，整個世界都是。如果不變強，就會被其他人追上。很幸運地我是隻鯊魚，從小才這麼沒有危機意識。」小鯊魚想起螃蟹先生孤獨的背影和空蕩蕩的扇貝殼，認真地說。

父親有些吃驚，似乎沒想到小鯊魚會這麼說。在他的印象裡，二兒子不像大兒子橫衝直撞，總是很安靜，就是太安靜才讓他擔憂。直到有一段時間，二兒子開始向外跑時，他還覺得欣慰了些。殊不知，向外跑的原因，卻是跟在隔壁家那隻瘦瘦小小的月斑蝴蝶魚身後。原本放下的心又懸了起來，不由自主地發怒。

發怒後，二兒子沒有任何反駁，雖然這樣很聽話，又擔心他是不是太沒主見。於是，開始告訴兒子們要有主見、行動力及判斷力，結果這幾個月二兒子開始學會以「討論」之名反對他所有主張，讓他氣炸了。

「可是，我還是覺得溫柔並不等於弱小，溫柔和勇敢不是兩個對立面。」小鯊魚屏氣凝神的看著父親。

父親良久都沒說話，母親便出口詢問：

「這是什麼意思呢？」

「在這趟旅程中，我遇到很多不一樣的魚。有遇到很平凡但交友廣闊的魚，還有年紀很輕卻非常厲害但又很謙虛的魚。他們都很真誠，且重視我的感受。在我眼裡，他們一點也不懦弱，不會逃避不想面對的情緒，也不會忽視需要幫助的魚。」

父親似乎在琢磨著該怎麼回答，那一刻小鯊魚終於覺得他們的對話不再劍拔弩張，也不再是雙方各說各話而不願側耳傾聽。

「所以，你想像他們一樣嗎？」父親緩緩開口。

那一刻父親身上的疤痕在小鯊魚眼裡愈發鮮明，那些刻著歲月與尊嚴的印跡，與「溫柔」的話題形成了很大的對比。橫跨了幾十年的觀念差距，到底該怎麼做才能被縮短呢？

「與其說想跟他們一樣……我覺得，沒有任何一隻魚會是一樣的。就像每一隻鯊魚都生而不同，我只是不想變成自己討厭的樣子。」

「……所以你討厭我這樣嗎？」父親如是問。

「不是的。」小鯊魚連忙搖頭並篤定地說，「只是我現在喜歡做的事和爸爸不一樣。」

「……我聽說了。第二分局局長告訴我，你對抗一隻發狂的成年雙髻鯊，救了路人。」父親凝視著他的雙眼，「即使能做到，你還是不想做軍警工作。你到底想做什麼？」

這是父親第一次問他這個問題。

「我想，學做甜點。」說出口的時候，小鯊魚心裡還是不安的，但他沒有低下頭，而是炯炯有神地直視著父親的雙眼。那一刻他終於不再膽怯，他明白了有時候與膽怯相伴而生的細心，從來不是缺點。他想用這份「不像鯊魚」的細膩與柔和來創作獨一無二的作品。

自從那天之後，小鯊魚再也沒有離家出走了。以前的他總在乎別人的看法，或許也是想稍稍逃避必須由自己做出決定的難題。

後來流浪的回憶刻在他的心頭，溫暖的、沮喪的、驚險的，都成了不同的顏色與形狀，再由他的巧手形塑成藝術品般的甜點。

有些熱愛值得他義無反顧，正如有些溫柔從不與堅強相抵觸。或許未來還有很多必須停下來思考的岔路口，但至少現在，小鯊魚終於不再迷惘。

Chapter 3

飛行系愛情故事

01

面對靜好歲月後的陰影，如果是爲了讓彼此成長，卻讓我們必須分離，你會不會怪我辜負了你？

「程瞳，有人找你。」

「好，謝謝。」

陽光沿著窗櫺灑落在教室裡靠窗第二排的位子上。過於燦目的日光，使女孩的纖長睫毛在潔淨的臉上留下了一個淺淺的影子。她手上的動作停頓了一下，棕色的眼眸望向教室門口，看到一抹熟悉的身影，心裡升起微微的滯悶。

「妳先去吧。」前座的好友接過她手上的窗簾拉繩。

「嗯，好。」於是，喚作程瞳的女孩離開了教室。

程瞳與那面帶愁容男孩走到了少有行人來往的五樓樓梯間。這句話問得淡然，似乎早就心裡有底。男孩拉起她的手說：

「怎麼突然過來？」

「沒有，就想跟妳說說話。」

「再兩節課就放學了呀。」

身長一米八五的男孩拱起背、彎下腰，把頭靠在程瞳的肩上。二十公分的距離瞬間就被縮短了，程瞳稍微一怔，還是舉起手來，輕拍男孩的背。她有種錯覺，男孩這一年時常打籃球，不僅把小麥色的肌膚曬得更黑，也似乎長得更高了。每每抬頭，程瞳總覺得兩人的視線離得越來越遠。

男孩口袋裡偷藏的手機時不時亮起，透過單薄的夏季衣料在昏暗的樓梯間格外醒目。程瞳一看，便猜到了他心煩無助的原因。就這樣沉默了一陣，預備鐘響起，距離上課便只剩一分鐘時間。

「走吧。」

「嗯。」

高二的教室在三樓，高三的則是在二樓。他們在樓梯口道別，程瞳看著男孩往樓下走去，又補上一句：「趙家誠，要認真上課。」

「我知道啦，待會見。」趙家誠說完做了一個鬼臉，程瞳突然有一種自己才是大一歲那方的錯覺。

說是認真上課，但最後兩節課心神不寧的其實是程瞳自己。雖然剛剛男朋友什麼都沒說，她還是能從這一年相處的經驗中略略猜到對方心情低落的原因。於她而言，趙家誠是一個好懂的人，直率、善良，如果是其他什麼事一定馬上毫不保留地滔滔不絕。能讓他心情煩悶卻又低頭不語的事，除了自己，大概就是家人吧。

在這不長不短的交往日子裡，最常讓程瞳感到困擾的就是趙家誠的哥哥了。雖年長他們五歲，卻與一幫地痞流氓朋友時常鬧事，不誤正業而搞得家中雞犬不寧。這一切原本與她無關，但每當那個人不是打群架、就是聚賭被帶到警局，趙家原本不融洽的氣氛就會更加緊繃。

趙家父母為此爭執不斷，吵架的內容不外乎是「你是怎麼教小孩的？」「別只怪到我頭上，兒子也有你一份！」

每每母親與父親爭吵無果又無法管教好大兒子，便會對小兒子哭訴，甚至如今天般不分兒子上課與否，以情緒勒索的方式獲取家中唯一的安慰。

最後，她的哭聲只會讓趙家誠因無能為力而自責。在這整個高中時間，他只得一邊擔任父母間的溝通橋樑，一邊面對嚴酷的學業壓力。

每次看到趙家誠在學校與朋友們嬉鬧打球，程瞳都心疼地猜測他是否刻意忽略了那些難解的情緒。在同學們面前，他仍是那個熱愛運動又善於逗樂眾人的高大男孩，卻將煩惱隱藏在身後的陰影裡。

然而，在程瞳即將升上高三的這一年，趙家誠的情緒漸漸成了程瞳的壓力。因為程瞳是唯一一個能讓趙家誠傾訴痛苦的人，即使小他一歲，但她的沉穩與理性，使得趙家誠忍不住想要依賴她。

他喜歡程瞳認真分析並給予意見的模樣，程瞳或多或少也喜歡自己這種模樣，被人信賴總是能帶來成就感與安心。只是趙家誠即將畢業，程瞳卻準備要開始迎接直到隔年一月的大考壓力，對未來的焦慮逐漸使她感到力不從心。

放學的鐘聲響起，大家起身收拾書包，坐在前座的好友轉身輕柔地提醒程瞳：

「瞳，明天記得帶那本地理講義。」

「差點忘了，好！」

兩人走到校門口，程瞳目送好友搭上校車後，轉身走至公車站牌旁的大樹下。趙家誠早就在那兒等著她，一手拿著籃球，另一手拉著單肩背著的書包與隊友們閒聊。島國的四月底，早已不能稱上春寒料峭，程瞳卻覺得眼前的場景像是定格一般，明明是從前最喜歡的畫面，現在卻透著一股涼意。

最近她好像不能再像以前那樣耽溺於這種悸動的感覺，心裡的那一絲涼意總是在提醒著他，趙家誠說的人不輕狂枉少年，從不適用於她這樣的少女。

「年輕就該毫無顧忌地去愛。」趙家誠曾經這樣對她說。那一天也是春風和暖，他們冬天一起在路邊撿的小麻雀在籠裡度過了一段安逸時光，終於奮力振翅一躍，卻摔斷了翅膀。

一邊想著那歷歷在目的往事，程瞳走到趙家誠身邊，那隻原本拉著背包的手便到了她手上。他們牽著手一前一後地踏上剛進站的公車，車上只剩一個位子，趙家誠讓程瞳坐了下來。公車搖搖晃晃，就著這緩慢的節奏，她抬頭與趙家誠聊天，略略失神地看向趙家誠那輪廓分明如刀削般的側臉，以及那自己常愛捉弄的粗濃劍眉。那一年的生日願望，是目去朝來、年年歲歲，希望這個人都能在自己身邊笑逐顏開。

這樣的寧靜清歡，她捨不得放手，卻又有了即將失去的預感。

「……瞳，妳有在聽我說話嗎？」

突如其來的煞車晃得程瞳手不穩，差點讓懷裡的籃球滾了下去，她才回過神來：「有，我有在聽……」終於將注意力放回了對方的聲音上。

擁擠的公車上並不安靜，但對方的聲音總是格外清楚。好像全世界的聲音都會自動避開他們的耳朵，不願意打擾這段被真心呵護的時光。

直到他們又談起未來，寧靜的時光被打破，然後來自四面八方的噪音全都傳進了彼此的耳裡。

02

勇敢執著屬於妳，細膩安靜屬於我，理想的朋友模樣應該屬於我們吧。

通常校車的班次固定，抵達學校時間也比較早，方亦舒總是第三個進教室的人，有餘裕地邊看小說邊吃完母親準備的早餐。之後，同學們帶著惺忪睡眼陸續走進教室，大約十分鐘後，她的好友程瞳走向了自己身後的位置。

早自習大多被老師們拿來小考，今天是她喜歡的國文，心底感到輕鬆許多。

第三節上課前，在黑板貼上熱騰騰的段考成績單，同學們爭先恐後地往黑板擠，幾十雙眼睛瞪著那小小Ａ４紙，就想看清楚自己的分數與排名。

「亦舒，妳的國文又考全班最高了。」程瞳在人群中轉頭對她說。

「程瞳，妳才低她兩分，也很高呀！」旁邊的同學聽了羨慕地說。

「考國文我都比不過亦舒，她花太多時間讀了！」程瞳再次確認成績，雖是笑著說，但笑意卻漸從臉上褪去。

「怎麼了啊？」回到座位上後，方亦舒轉過頭關心。雖然好友的情緒並不明顯，但作為程瞳在班上最好的朋友，她看得出來對方不太高興。

「……第二名。」程瞳小聲地說，似乎不願意露出任何沮喪或失望的表情。但對於這麼在乎升學的高二少女而言，卻也很難擺出雲淡風輕的樣子。

任何一個段考成績都牽涉到程瞳繁星計畫的排名，方亦舒深知她對成績的重視，輕柔地安撫她：「沒關係，下次一定會贏的。」

她想起程瞳有一次說，高中生是一種很奇怪的群體，明明在最活潑最能綻放的年紀，卻心甘情願地被關在一個小小的方塊裡，玩著以成績排名的遊戲。每一堂課的老師形形色色，而他們唯一共通的台詞就是：「作為學生，要認真考試方能成大業」。

那天，方亦舒在日記上寫了：「『都說世相迷離，我們常常在如煙世海中丟失了自己，而凡塵繚繞的煙火又總是嗆得你我不敢自由呼吸。』[1]少女在深怕在過盡千帆回首時滿目瘡痍，於是在載浮載沉的十七歲裡奮力把夢想抓緊。」

鐘響後，是班導的國文課。她手上的表格寫滿密密麻麻的數字，那些數字從老師嘴裡說出來便成了新的名詞，諸如「不及格」、「班排」、「隔壁班的班平均」之類。方亦舒一點都不想聽這些，只想著快點進入下一課。複習段考已經佔了不少堂國文課，老師還要叨絮絮這些數字，她不免覺得有些煩悶。

1 註：取自林徽因《你是那人間的四月天》。

「我們班這次考最好的還是亦舒，大家有問題可以去問她。」她感受到老師勉勵的眼神，於是點了點頭。

程瞳曾問她：「我們這麼想得到的分數，妳是不是真的不在乎。」

方亦舒說：「是，我從來都不喜歡也不想擁有，數字這種東西。」

中午盛飯的時候，方亦舒擔心好友心情不好，便起一個輕鬆的話題。

「昨天學長回信給我了。」

「你說，蕭……蕭澧？」

方亦舒低下頭，若隱若現的紅暈浮上臉頰。第一次見到這個名字，是幫他把信轉交給另一個女孩。程瞳當時說這個字好少見，不清楚讀音，還用注音寫在課堂筆記本裡當補充。但方亦舒永遠記得那封信的署名，與她那天從圖書館借的《楚辭》裡有著同樣的字——沅有芷兮澧有蘭，思公子兮未敢言——蕭澧。

那天她並未看清對方的面容，卻馬上記得了這個人的名字，是這麼好聽。

真正認識他卻是一周前的某堂體育課，她負責去器材室借球，另一個負責的同學卻請了假。

「我幫你吧。」

路過器材室的蕭灃制服燙得平整，整齊的頭髮在陽光下似被鍍了層金。他接走了她手中其中一筐稍嫌沉重的籃球。方亦舒走在他身後，連呼吸都小心翼翼。後來的整趟路程，只有兩只深藍色大籃子刮過凹凸不平石子地面的刷刷聲響，以及自己震耳欲聾的心跳聲。

「謝謝學長。」到了球場的集合點，方亦舒才如夢初醒般想起了該說些什麼。

「不會。」

她不好意思地抬頭，記起了那日豔陽高照的逆光下，明明看不清卻在腦海中深刻烙印的輪廓，與對方微微上勾的眼尾。

「妳問他為什麼寫紙條給妳了嗎？」程瞳一邊吃飯一邊問。

「問了，但他沒說。」方亦舒放下筷子，小心翼翼地從抽屜裡拿出折好的信，又再仔細看了一次。

這是她收到的第二封信。第一封是體育課後的隔天，明明不曾交換姓名，蕭澧卻到她們班上喊了她的名字。

「不是要轉交給小書的嗎？」方亦舒說了第一次幫他送信的那女孩的名字。

「啊，沒有。」蕭澧又笑了，依然是那雙微微上勾的桃花眼。

程瞳把一大塊紅蘿蔔放進方亦舒的碗裡，壞笑說：「快吃吧，別看了。」

方亦舒似乎早就習慣對方的挑食，給了對方一個稍稍譴責的笑容。

「妳問家誠學長了嗎？」

「問了問了，但他們不同班，球隊的朋友也都說和他不熟。」

方亦舒點了點頭，把那塊燉紅蘿蔔放進了嘴裡。

「我覺得他都主動寫信了，或許真的能試試看也說不定？亦舒不是喜歡那種冬天會穿著針織衫、圍上米白色圍巾的高瘦文青帥哥嗎？感覺蕭灃學長就是這樣。」

方亦舒瞪了程瞳一眼，五月正是時晴時雨空氣微悶的季節，方亦舒卻意外的能想像程瞳所說的那個畫面。兩人又嘻嘻笑笑的邊說邊出去倒了廚餘。

午休時，她攤開了牛皮色的信紙。

03

夢想離十七歲的我們是龐大遙遠的彼方，將之寫在紙上時，是近在咫尺令人興奮到顫抖的清晰。我從來沒離自己的目標這麼近，卻又這麼遠過。

總是和程瞳競爭班級排名第一的女孩，叫作許南生。看到她又在課堂上說了些有趣的話逗得歷史老師笑得合不攏嘴後，程瞳忍不住小聲咂了嘴。

她知道，有些人天生就很善於言談。宛如一邊控制鎂光燈一邊在台上遊走的演說家，許南生總是能恰到好處地知道在哪個時間點說出哪些話，會引來觀眾什麼樣的反應，得到最多的注目。

程曈與許南生不合，並非眾所週知，卻也不是無跡可尋。從學業成績被數據化那一刻開始，她們就注定要比較那些數字的高低，再爭奪因些微差距就落點在前或在後的位子。

程曈不知道許南生是怎麼想她的，但她知道自己不喜歡許南生略顯油腔滑調的說話方式。夜闌人靜時，她不免懷疑自己是在嫉妒對方，可是白日裡把燙平的制服服服貼貼地穿在身上時，她看著鏡子裡踏實努力的自己，又覺得自己不喜歡對方的原因十分合理。

可段考結束後，程曈便略有所聞，那就是許南生想放棄繁星計畫的機會，甚至不想再升學。

「曈，如果真的是這樣，不是很好嗎？妳就少了一個競爭對手。」

吃午餐時方亦舒這麼問她。

程曈也知道自己那鬆一口氣的想法，可是強烈的自尊心卻不容許自己這樣想，所以她沉默了一會兒說：「不知道，我覺得她好奇怪。」

下午掃地時間，她們放好拖把、回到教室，卻發現此時的空氣卻瀰漫著不尋常的寧靜。

以往整理環境的這二十分鐘總是能活絡大家下午昏昏欲睡的心情，但現在教室的氣氛近乎凝滯，有人默默地繼續擦著窗溝，有人悄悄把視線轉到了教室中央。

教室中央是坐著把單腳翹到膝上的薛祐宇和面對他站著的許南生。薛祐宇一臉漫不經心，而怒意卻占據了許南生那張平時總能游刃有餘的精緻臉龐。

「你說什麼？」

「我說，」薛祐宇抬眼看著提出問題的人，「你現在就隨便選個工作，以後後悔就慘了。」

「隨便選？你跟我很熟嗎？你懂什麼？」許南生一臉不可置信。

「不熟。」薛祐宇直勾勾地看著她，那樣的淺笑使得嘲諷更加肆無忌憚地明顯，不加修飾的張狂惹惱了許南生。「啊，現在放棄升學也沒關係，將來妳不紅了，妳父母也能救妳，讓妳再來一次不是？」

「我要是真的紅不起來，跟你沒關係，跟我爸媽更沒關係！」許南生不甘示弱，但緊握的拳頭卻微微顫抖著，「薛祐宇，你的人生沒目標，就跑來批評我是吧。爸媽送你來上學，結果你每天睡覺翹課、混吃等死，我再怎麼不紅，至少都比你有用多了。」

薛祐宇聽到這句話時，眼神閃過一絲晦暗，上揚的嘴角逐漸沉了下去。

「只是覺得有事沒事就把夢想掛在嘴邊，很可笑而已。」

許南生準備放棄升學的原因，程瞳已輾轉從其他同學口中得知。許南生喜歡唱歌，這一年來一直在社群軟體上經營自己的唱歌頻道。這陣子她似乎想去參加選秀節目比賽，投入更多時間精力在歌唱上，把興趣變成職業。

程瞳曾去搜尋她的帳號，即使與她不對盤，也不得不由衷欽佩她的歌喉，且唱歌以外的言談間也總是幽默風趣，吸引不少支持者。

這兩年對程瞳來說，追逐成績與排名已經與生活密不可分。成績總是近在眼前，而成績後方那看不清的遙遠彼岸，總是明亮。

好多年以後，程瞳才搞懂原來比起追逐目標，她是本能地需要「夢想」的。

這兩個字支撐她冬日清晨為了讀書而起床打開窗戶，吸一大口冷空氣看著破曉將至的無人街道時，肺裡沁涼地近乎能凍傷的執著；支撐她夏日從圖書館離開，忘了時間而聽著蟬鳴疾走趕路，卻仍錯過末班公車的茫然；支撐她高中整整兩年，每次被母親質問「為什麼這次段考沒有第一」時的委屈。為了種種這些努力，她必須賦予明確的意義，否則在體制內根本活不下去。

她害怕去想失敗會怎麼樣，害怕去想那些可能抓不住的東西。但每當想到自己有機會能去「實踐」計劃上的每個瑣碎，「夢想」這兩個字，即使只是含在嘴裡，也會像一顆鎮定劑一樣讓她安心。

「十七歲的我們，唯一能談的就只有夢想不是嗎？」她脫口而出。教室裡那幾雙看熱鬧的眼睛，紛紛將視線轉向了她。她才意識到自己打破了薛祐宇與許南生之間的僵持不下。

「呵，夢想這種東西，只是妳們這些有錢人家小孩愛嚷嚷的話而已。」薛祐宇再次抬頭時，恢復了原本的傲慢。他並沒有看她，程瞳甚至不知道這句話究竟是針對她還是許南生。他起身拿著書包，不顧放學時間未到，頭也不回地走出了教室。

許南生似乎無所適從，她微微鬆開了拳頭，向程瞳投以一個疑惑的眼神。隨後她的好友們紛紛圍了上來，一邊批評著薛祐宇的無禮，一邊安慰許南生諸如她現在網路聲量一點都不低之類的話語。

上課鐘再度響起，彷彿前一刻的對峙從未發生。程瞳像是沒事般馬上進入了好學生狀態，而導師在詢問為什麼薛祐宇的座位空著時，坐在中後排的許南生默默地看向程瞳的背影。

04

裝作不在意你回信的速度，裝作不好奇你與其他女孩寒暄的語氣裡有沒有我所擔心的親暱，我們比賽誰能讓誰心跳加快，卻永遠不知道誰先得分。

「終日望君君不至，舉頭聞鵲喜[2]。下筆前總反覆琢磨著詞彙，是否顯得過於熱情，又懷疑那些收到的字句有欲擒故縱的意味。不願這些魚雁往返成為刺探敵營的棋子，卻又沉溺於宛如編碼與解碼的猜心攻防戰裡。」

放下筆後，方亦舒合起皮革封面的日記本，並且小心翼翼地收進了書包。

好友的身影出現在視線中，隨後方亦舒的桌上被放了一包小熊餅乾。

「妳們買了什麼呀？」她抬頭望向坐到身後的好友。上週換了位置，程瞳與她依然是靠窗那排一前一後的關係，唯一改變的是，程瞳的後方坐了一個她們原來不太熟悉的人，許南生。

那天打掃時間的爭執，方亦舒雖驚訝好友會為了課業上的「宿敵」說話，卻也不意外程瞳對夢想的重視及那敢說敢做的性格。

2 註：取自馮延巳《謁金門・風乍起》。

方亦舒從小就是群體中比較安靜的那一個。她始終對與同學相處有些膽怯，擔心不知道該開啟什麼話題的尷尬、擔心不善言辭的自己會得罪人。

說話不比書寫，書寫的時候可以把思緒都梳理一遍，再斟酌用詞表達出最符合心境的語意，但說話不行。年復一年，日記本從普通的線圈筆記本換到日製的皮革旅人筆記，日記始終是方亦舒在學校消磨時間的良伴。

回想國中入學時，同學們都快速地自成小圈圈，徒留她一人。這樣的心有餘悸，讓她在高一開學時，依然覺得自己與班上熱絡的氛圍格格不入。她原以為高中也會這樣與日記本相伴三年，而程瞳卻大方地走近她。日後，她總是會不自覺想追逐這個比她勇敢、比她更好強的女孩。

有一次程瞳問她：「古代名家是否都視名利如浮雲？所以妳對名次一點也不在意，只讀自己想讀的。那妳會不會討厭我和妳講這些？」

她說：「當然不會。」

程瞳那股衝勁，是她所憧憬也最為欠缺的。她嚮往好友的處事方式，帶有一點堅守原則的強勢，總是積極補強自己的弱項，總把失敗當做前進的養分。

程瞳的男友趙家誠學長即將畢業，程瞳似乎也早已開始考慮未來的志願。最近看見好友這麼努力，方亦舒不免迷惘。

自己對未來並沒有特別的想法，也沒有特別想讀的科系，再過幾個月就要升上高三，模擬考與各科小考只會比現在更排山倒海而來，到底要怎麼辦呢？

「買了起司餅乾，還有這個。」程瞳拆開一包軟糖，遞到了方亦舒面前，「南生說這很好吃。」

那天放學前，許南生第一次傳紙條給程瞳，向她道謝。程瞳隔日直接走到了她的座位前，告訴她不必放在心上。後來兩人下課時聊了起來，越聊越投機。當換座位看到與許南生坐在同一排時，方亦舒心裡升起了一絲難以言喻的憂心，那種擔憂是提醒自己不要太小心眼，卻又害怕直爽好聊的許南生會把程瞳從安靜的自己身邊帶走。

程瞳與許南生繼續討論著福利社的商品，門口忽然傳來同學的呼喊聲：「亦舒，有人找妳！」

她馬上站了起來，一顆心又砰砰跳地到了嘴邊。門外是蕭澧，她走過去的時候眼角餘光撞上之前和蕭澧寫信的那女孩，對方迅速收回了目光，並置若罔聞蕭澧對她說的那聲「嗨」。方亦舒知道那個女孩有聽到，只是用聊天的聲音掩蓋這些尷尬，關於他們曾經發展到了什麼地步，之後為什麼不再通信，方亦舒始終不敢問。

「打斷妳們聊天了嗎？」蕭灃把信遞到她手中，溫和地問。他依然穿著那身平整如新的制服襯衫，只是五月已然入夏，他卻遲遲沒有換季而穿著長袖。

「沒有。」方亦舒另一隻空著的手無所適從地抓著裙角。兩人之間五十公分的距離，對於好朋友聊天算近，對於曖昧對象又算遠。這樣侷促的距離，使得方亦舒一顆心越跳越快，擔心自己心跳在胸腔裡的回聲足以被面前的人聽見。

她看見蕭灃的手上拿著書，便問：「學長，你最近在看什麼書？」

蕭灃愣了下，舉起手上的書。「這是今天去圖書館借的，川端康成的《古都》。」很多男生嫌袖子礙事，都會恣意地捲起，可是蕭灃從不。袖口的鈕扣永遠整齊地扣上，露出稍細的手腕與節骨分明的手。

預備鐘響，他輕輕地拍了一下方亦舒的頭說：「以後週二跟週五這個時間，我都會來妳班上拿信。先回去了喔。」

方亦舒用手背輕碰了燒燙的臉頰。回到位子上，她記下川端康成這個未曾聽過的名字。原來蕭澧也喜歡文學嗎？自己未曾涉獵日本文學，但蕭澧比自己更了解文學的模樣，使她心中的仰慕日漸增加。她迫不及待拆開了折疊整齊的信，首句抄了一段話：「如果活不出孤獨感，如果做不到特立獨行，藝術、美是沒有意義的，不過就是附庸風雅而已。」[3]

正欲再讀，身後傳來了許南生的提問。

「亦舒，你也認識蕭澧喔？」一聽到關鍵字，她便轉身回答。

「嗯！最近認識的。」

「欸……？」許南生停頓了一下，隨後稍微壓低了聲音，「他之前不是和小書通信嗎？」

「對呀，但不知道怎麼就停了吧。」程瞳似不覺得有什麼，吃著軟糖說。

「可是……我聽說是因為小書看到他和別的女生牽手，才沒聯絡的。」許南生用接近氣音的聲音說，「亦舒，妳要小心一點。」

這些話頓時像一盆冷水，澆在了方亦舒滾燙的心上。在殘燼與火花那滋滋作響上升的煙霧裡，本就因為程瞳而感到惴惴不安的情緒，

3 註：取自蔣勳《孤獨六講》。

讓她起了難以言喻的怒氣。

許南生那樣的口氣讓她心生不快。先不論她早就在猜測蕭澧與小書的事情，許南生的口吻，則又讓她覺得自己像是沒談過感情、誤入歧途還不自知的小羔羊。

方亦舒又放了一顆軟糖到嘴裡，咬下去那刻充盈在舌尖的盡是苦澀酸味，她皺了下眉頭。

「啊，那顆白色是檸檬口味的。」許南生說。

那一刻她突然覺得難以忍受今天的疲倦，遂把身體轉回了前方。

05

我曾想給你最堅固的堡壘，曾想給你最厚實的裝甲。直到我的溫柔消耗殆盡，你願不願意收下，早已經是與我們無關的事情。

週六時，趙家誠陪著程瞳去圖書館。下週要交的資訊課作業是試寫大學甄選的備審計畫書。趙家誠一面翻找學生證，一面把一袋餅乾拿了出來。

「瞳，這給你。」趙家誠把餅乾交給程瞳後，不忘偷偷捏一下她的臉頰。「妳要吃胖一點。」

「我才不要。」程瞳馬上回嘴。雖然平常看似是自己照顧對方比較多，但就在小事上寵著程瞳這點，趙家誠絕對是個稱職的好男友。

「為什麼不要？」

「不好看。」

「你不管是什麼樣子都很好看，比仙女下凡還好看那種。」趙家誠故意擺出崇拜的表情，惹得程瞳想瞪他又不小心笑了出來。

「趙家誠，你什麼時候學會這樣油腔滑調？」

趙家誠神秘兮兮地靠近程瞳耳邊：

「因為我以前在加油站打工，才會油槍滑掉啦。」

趙家誠一如既往地說著爛笑話逗她開心，程瞳拿他沒轍，看他開心卻忍不住想著，

——要是時光能停在這，燦爛又溫柔，愛情是不是也有百分之

一機會成為「永恆」？

她喜歡他多笑，甚至想把自己的快樂額度也分給他。趙家誠回家時面對的煩憂與悲傷，她總能從手機上捎來的字句中讀出來。那種兩顆心相連的感覺，即使看不到彼此，也能在腦海裡清晰描繪對方說出這句話時的每一瞬表情及模樣。

他們坐在圖書館外草皮邊的石椅子上，想把剩下的飲料喝完。

「備審計畫，你之前是怎麼寫的？」程瞳認真地問，「我很猶豫……不知道選新聞系到底對不對。」

「我沒有猶豫，所以超快就寫完了。」趙家誠一手撐在椅子上，一手飛快地在手機上打著字。「不要想那麼多，妳不管選什麼都一定能做得到。」

「怎麼可能不多想。難道你當時都沒想過有什麼其他出路嗎？」

「沒呀。」趙家誠毫不猶豫地回答，爽朗地說。

「可是我擔心寫作能力不好的話，會比同學們差。」程瞳的聲音有些乾澀，似乎琢磨著怎麼形容自己的心事，趙家誠卻沒聽進心裡。

「妳寫作哪有差，放心啦。」

「但像亦舒的作文就……」焦慮的聲音被打斷，取而代之是那眼睛一直沒離開社群軟體頁面的男孩，把手機遞到了她眼前。

「就選妳喜歡的，別多想啦。對了，瞳，明天我想去吃這家的布丁，妳要不要跟我一起去？」

良久，程瞳都沒回答。趙家誠疑惑地轉頭看她，對方眼底似乎有幾絲惱火，他卻讀不懂這樣的情緒。

「妳幹嘛生氣。」

「你連我在意和擔心的地方都不懂，就說我能做到。」

趙家誠有些錯愕。

「我哪有，我只是覺得妳一直都很有目標和主見，不管以後讀什麼科系都能很好。」

「我也會有迷惘的時候啊！」趙家誠這種隨意回答的態度，使程瞳的聲音不小心大了起來，本就攢下的不安與壓抑，在這樣平凡的日子裡一次爆發。「這根本不只是遇到了再考慮的遙遠夢想，而是現在就要決定好的事情啊！從繁星計畫採計每一次大小考試的分數開始，到只能排上一次的校內排名，再到一年一度的學測和僅能填寫六個的個人申請志願。每一個都那麼緊密，我怕走錯一步，之後就沒有轉圜的機會了。」

「沒有那麼嚴重，如果真的不適合妳，還可以轉系呀。」說出口後，趙家誠就後悔了。他深知程瞳是一次就想把事情做到好的人，骨子裡害怕失敗，害怕做出錯誤的決定。

剛交往時，他曾問她為什麼那麼認真準備每次考試，程瞳只說是自己好勝心強。直到很久很久以後，他才懂得這樣的好勝心，是在抵抗環境給的、父母給的、自己給的壓力、保護自己的自尊，因為社會總是那麼輕易地用功名為人貼上「成功者」或「失敗者」的標籤。只是十八歲的他未曾明白這點，因為十八歲的他在這互相陪伴的一年歲月裡，還來不及聽完程瞳的所有故事。

「為什麼你總想得那麼簡單？」程瞳的眼淚在眼眶打轉，「而且每次說到心事，都是在講你的壓力、你哥，和你爸媽。那你有在乎過我的壓力嗎……每次我說這些你都隨便敷衍，根本沒認真聽完，就說『沒那麼嚴重』？」

聽到這一段話，趙家誠的臉色沉了下來。

「我家人又怎麼了？」

「你哥沒責任感，你媽動不動就以死相逼，我就是討厭你不為自己著想，每次都在收拾爛攤子！」

「再怎麼樣那就是我媽啊，難道……」趙家誠停了下來，似乎在忍耐自己衝動的話語，他的呼吸很急促，但程瞳早在他的眼睛裡讀到了他沒說出口的話。

——難道妳要我當一個自私的人嗎？

像是戳破一直以來都知道卻不明說的窗紙，擋在他們之間的，從來都不是那些能夠磨合的薄薄纖維，而是名為現實的鐵壁。

「那是你家人，我只是一個跟你在一起一年的學妹。我想要你好好地照顧自己，卻被你認為是個自私的人，是嗎……？」這是氣話，卻也是擱在心上很久的話。打從趙家誠沉下臉、盯著她的雙眼時，程瞳就看出他對自己家庭的保護欲與敵意。

——那是一條界線。

——線裡是你的家人，但他們不在乎你的感受。而我是那個在乎你情緒的外人。

書包的背帶瞬間被程瞳握緊，她忍著眼淚，卻又覺得自己忍耐得夠久了。肩上的書包彷彿是承載了兩人的情緒，她不堪負荷，眼淚「啪嗒」一聲掉在餅乾的包裝袋上。或許是趙家誠近日考試放榜後的鬆散讓程瞳內心失衡，又或許早在程瞳開始細想自己的未來那一刻，他們的關係便逐漸坍塌崩落。

趙家誠是愛她的，說是愛也不盡然，畢竟十八歲的年紀談「愛」也許太沉重。但至少，趙家誠是喜歡她的，所以會盡量克制自己，不用尖銳的氣話傷害喜歡的女孩；趙家誠是在意她的，可他始終沒理解過她的想望，以及迫切追求卻又害怕失敗的恐懼；趙家誠是依賴她的，卻從未發現每次傾吐自己的家事後，女孩心裡不捨又難過的分量沒有比他少。

蟬聲唧唧作響，掩蓋了她還想說些什麼的衝動。一陣風把沙子吹進了程瞳的眼睛，等她放下輕揉眼睛的右手時，眼淚已經停了。

06

比起害怕失敗，我更害怕讓十年後的自己後悔。

許南生、程瞳及方亦舒放學一起走到校門口的頻率越來越高。自從那天之後，方亦舒雖然沒有刻意避開許南生，卻也不再像一開始那樣主動融入她與程瞳的談話。

看似相安無事。女孩子這樣奇妙的群體，本就有不把話說開還能若無其事相處的能力，高中女孩更是；褪去了國中容易輕言厭惡或妒忌的衝動，想把自己包裝成圓融的大人，但又始終青澀地無法退讓或放下彼此的心結。一邊責怪自己不夠大方成熟，又一邊在腦中不停回放那個爭執不快當下的所有細節，高中女孩就是有這種折磨自己的勇氣。

準備上校車時，許南生發現有些事總是要面對的。

「我今天要回奶奶家，所以改坐E車。」本來都搭乘A校車回家的許南生向身後的兩個女孩道。

方亦舒怔了一下，才緩緩開口說：「我也搭E車。」

「那妳們可以一起搭耶。」程瞳沒察覺其中古怪，也就順口地說。

上車後，方亦舒沒有想要和她聊天的打算，早早戴上了耳機。耳機放入耳內後瞬間排除了車內的人聲吵雜，輕易地讓主人與外在世界被劃分開來。

她們本來就不曾在沒有程瞳的狀況下單獨聊天過，校車緩緩駛出大門，許南生看了一眼窗外，看見程瞳獨自一人在公車站等車。

「程瞳今天怎麼沒和學長在一起？」許南生不小心打破了她們之間的尷尬。

方亦舒聞聲迅速地往窗外看，露出了擔憂的神情。

「不知道……」

在關心朋友這件事上，她們倆是一樣的。許南生見方亦舒書似乎不那麼排斥與她說話，終於鼓起勇氣把近日藏在心底的話說了出來。

「那個、亦舒，我想和妳道歉。」許南生是個不擅長隱藏的人，對於有話直說的她，這幾天的忍耐已經達到極限。

對她來說，方亦舒是個棘手且不好應對的類型。對方就像一塊海綿，無論別人說什麼似乎都會仔細聽進去，可表現出來的行為卻讓人難以判斷她當下的情緒。就像這幾天，方亦舒不曾真的對她發出敵意，但三人一起說話的時候，那種不慍不火的應答讓她有碰軟釘子的感覺。

方亦舒略帶驚訝地摘掉了耳機，轉頭看向隔壁的人。

「為什麼要跟我道歉？」

「那天，我說小書和蕭灃學長的事，是不是讓妳不舒服了。」許南生垂下眼，隨後又看著方亦舒真摯地說，「我不是想挑撥你們，只是擔心他不是一個太好的人才會這麼說的，抱歉。」

「不是，我不開心的不是這個……」看著對方放軟姿態，方亦舒突然對自己適才上車時的無禮感到有些愧疚。

她斟酌一下詞彙，看著許南生誠懇的樣子突然有些無地自容。這個明亮的女孩，無論是長相、才能、還是課業都比自己出色許多，她不必對自己這樣的小人物道歉的呀。

「我早就知道小書的事了，只是妳那天的語氣讓我覺得自己好像被當成了笨蛋。」方亦舒接著說，「在弄清楚蕭澧和小書究竟怎麼了以前，我也從未真正想過自己會和他有進一步的關係。」

「原來妳早就知道了，抱歉，是我多嘴。」許南生有些歉疚。

方亦舒迅速地搖了搖頭，「不，那天妳說破了我一直不想去面對的擔心，我才會有那樣的反應……我知道妳也是怕朋友被騙吧。」

晚霞在玻璃窗外把天空暈染得橘紅，她們良久無話，大巴士轟隆轟隆行駛的聲音掩蓋了兩人此時縈繞於心的千頭萬緒。

「其實我很羨慕妳，總是很細膩地把人的情緒想得很透徹。」

「其實我很羨慕妳，口條很好又擅長交朋友。」

沉默片刻後，她們不小心異口同聲地說，隨後訝異地笑了出來。那一刻許南生才覺得，她們終於成了真正的朋友。

「哪有，南生才很了解其他人吧。反倒是我，因為不知道該怎麼和大家相處，所以都不太敢主動找其他同學說話。」

「可是妳連自己負面的感受都能好好查覺，甚至還能跟我說，這樣很厲害呀。如果換作是自尊心比較強的我，應該不會說吧。」許南生說，「上次老師讓我們看妳寫的那篇作文，那時候我就覺得妳很會觀察和說故事。亦舒，妳不會想當作家嗎？」

「作家……？」許南生講出了一個方亦舒從未想過的未來選擇。一架飛機劃開了天邊雲朵，許南生的話宛如撥雲見日，讓方亦舒看見自己的興趣與未來重疊的可能性。

她是知道的，每當程瞳和許南生聊起未來，那些過於具體的名詞讓她只想沉浸在現實以外的文字裡。一百年前，甚至一千年前，所謂文學是帶著久遠以前的悸動雋永地流傳到她手上，就像一顆珍貴的化石一樣，不像現實生活讓她心煩。

「我其實一直不知道該以什麼為目標。看到妳們都那麼有衝勁，我卻沒什麼想法。」

「其實我也很不安。」許南生深吸了一口氣，「如果現在選擇不升學，之後卻後悔了該怎麼辦？但我是真的很喜歡唱歌、喜歡音樂，如果錯過現在熱度正在上升機會，會不會以後就沒辦法實現夢想了……」

「南生，妳不要被薛祐宇的話影響啦。」

「不，說實在的，自從我下定決心專心準備唱歌之後，無論是老師還是我爸媽都不怎麼支持。他們總說以我的成績還有很多更好的機會，可是我不知道『更好』到底是用什麼衡量的。是薪水嗎？還是社會地位？這些會比『喜歡』更重要嗎？」

這是同班近兩年來，方亦舒第一次看見這麼迷惘又沒自信的許南生。在她心裡，許南生好像從不會有她在人群中不知該如何自處的憂心，彷彿天生該是眾星拱月的寵兒。

暮色下，許南生的表情是這麼的挫折，才發現原來她也跟自己一樣，不過都是平凡的十七歲少女。

「南生，真的很多人喜歡妳，不要擔心。」方亦舒有點害羞地說，「雖然我之前在跟妳賭氣，但看到妳的翻唱影片下面那些支持妳的留言，總覺得你除了天賦以外一定也做了很多努力，才能讓那麼多素未謀面的人為你加油打氣。」

「其實啊，我也很患得患失……每次看到觀看次數下降都會在心裡做了最壞的準備。」

她們交換了很多內心的想法，那些看似平凡卻在薄暮下熠熠生輝的煩惱，無一不是讓她們一起走向不平凡的動力。

就像羽翼漸豐的雛鳥，總有過害怕展翅躍下枝頭的時刻，但若不賭一把就永遠不能體會翱翔的快意。

「南生，謝謝妳跟我說這麼多。」下車前，方亦舒如此說著，「我也不會再逃避了。」

07

我以爲毫髮無傷地站在妳身邊是再自然不過的事，直到發現妳之所以抵抗、之所以憂傷，都只是爲了守護我們的安然無恙。

趙家誠關上房門，清脆的落鎖聲將客廳的空氣隔開，讓他的內心有了一刻喘息。但不安卻仍像黏膩的蜘蛛絲一樣，沿著門縫從外而內地攀上房內的木地板、牆上的球星海報、以及他的身體。他想起那日在圖書館外看見的，那隻被鐵絲網纏住而懨懨一息的鴿子。沒能救牠而無能為力的自己，或許終於感同身受了程瞳的沮喪。

「家」這種東西，始終無法用「誰的」來區隔。趙家誠以為自己早已習慣承擔這種沒有討論空間的責任，卻在與程瞳大吵一架後，感受到會被兄長和母親折磨到老的恐懼。

這是哥哥不知道第幾次被送進警局，據說是他租屋處的鄰居聞到大麻味，所以連忙報警處理。接下來的故事千篇一律，他早聽得厭煩疲倦。父親帶著盛怒前往警局，回家時與母親一番爭吵。他們對長子的失望與憤怒無處宣洩，最後化為鋒利的字句，一刀刀地傷害情感早已失和的彼此。

於是，母親在趙家誠放學回家後，再次眼淚潰堤地哭訴。

「我忍耐這麼多年，維持這個家到底有什麼意義？要不是想到你還沒上大學，我早就忍不下去了！」

「媽，如果你真的受不了，就離婚吧！我真的沒關係……」

「怎麼沒關係？你還沒畢業，我要照顧你啊……」

從初中開始便是這樣，父母勉強維持的婚姻關係，並不會讓家裡的紛爭消停。趙家誠從一開始想讓母親遠走高飛，到現在發現勸了也是被駁回，愈感困惑。是否不肯離婚的原因，其實不是他需要母親的照顧，而是母親需要他陪在身邊？

若母親離開他們，幾十年辛苦經營的家庭將付諸流水，母親大抵是不想面對一個人搬進空蕩蕩的房子，那種一無所有的寂寞與惶恐。是不是歸屬感使母親寧願忍受不快樂的生活，也不願拿出勇氣離開這個家？

程瞳說過，「家庭」在華人社會裡是一種很神奇的組織，血緣把這些性格差異很大的人綁在一起，甚至早期連家庭暴力都當作是不讓外人處理的家醜。

「所以你總是逆來順受，沒想過他們不應該這樣對一個高中生。不能只是因為她是媽媽，就把自己的壓力全都施加在你身上吧？但如果連你都不在乎自己的感受，那我說再多也沒有用！」那天程瞳擦乾眼淚，說完這句話，頭也不回地自己進了圖書館。

有時候，他會覺得程瞳是個很厲害的女孩，她能夠為了實現自己的目標，拋開當下所有情緒，專心致志地讀書。或許有些人覺得這樣的她過於冷情，趙家誠卻是心疼程瞳這種逼迫自己的毅力，才想一直待在她身邊。

只是長期以來，他過於相信程瞳的自制力，沒有察覺到對方的不安與疲倦。現在的他甚至很惶恐，程瞳或許不再需要他的陪伴。這一年來，程瞳是很好的傾聽者，能讓自己起伏不定的心安穩下來，這也是為什麼他總是很珍惜兩個人能一起搭公車回家的日子。

程瞳給了他回家的勇氣，這種勇氣，他曾幾何時忘了自己多麼需要。

聽著外頭玻璃杯碎裂的聲音，趙家誠倒在床上閉起眼睛。這個母親口中忍辱負重維持的「家」，早在與丈夫日夜爭吵時就已經分崩離析了。這個名存實亡的「家」，讓他對母親的歉疚越來越深。但在關心的背後，對他的期許及過度依賴，就像雙面刃一樣，時不時讓他疲於應付。

沒有與程瞳一起等公車已一週有餘。趙家誠在週五放學鐘響後迅速地把東西塞進書包，加快腳步到了以往等程瞳的那棵大樹下。他不知道程瞳是否還在生氣，可這五天的冷戰讓他想了許多未曾思考過的事，他想要當面與她說清楚。

「程瞳。」放學的公車站旁人潮擁擠，趙家誠終於在茫茫人海裡看見了他想要找的人。那個短髮蓬鬆的女孩面白頰紅，好看的雙眼下方卻透著一絲烏青，灰色口罩拉到了下巴，唇色竟比平常更加蒼白。那一刻，周遭景物與面孔都變得好模糊，自己視線裡唯一清晰的面容，是那個說什麼也不願錯過的，總給予他片刻寧靜與勇氣的女孩。

跟她在一起，似乎再鋒利的話語都能被遺忘，再紛擾的現實都能被拋棄。

趙家誠想起上次程瞳和許南生從教室聊到大樹下，似乎一時說不完，他便靜靜在一旁聽著。她們談論夢想的時候，程瞳晶瑩的雙眸中閃爍著興高采烈的光芒，趙家誠清楚看見那一池秋水裡流動著怎樣的情緒，是期待與興奮，是緊張與不安，但沒有一絲覺得這一切遙不可及的恐懼。

反而是他自己，在心底感受到了一絲困窘與惶恐。他從未注意到，程瞳與自己有相差甚遠的地方。程瞳帶著野心不停追隨著遠方的理想，他卻對理想沒太多執著，渴望過上寧靜的日子。

可如今他明白了，害怕只會把這個女孩推得越來越遠。程瞳花了多少力氣在安撫他心口來自家庭紛擾的槍林彈雨，他就應該花多少力氣向她走去，直面他們之間的差距所帶來的極大恐懼。

公車上他們並肩而坐，時而搖晃，肩頭卻隔著五公分的距離。趙家誠把一邊耳機塞進了程瞳耳朵裡，那是他們一起去看的電影主題曲。

——君がくれた勇気だから、君のために使いたいんだ。[4]

——**因為是妳給勇氣，所以也想因妳而用。**

程瞳，一直以來妳給我的溫柔，卻被我視為理所當然而恣意揮霍；但沒有妳在身邊的那幾天，我卻像待在沒有一兵一卒守衛的城池

4 註：電影〈天氣之子〉主題曲「愛にできることはまだあるかい」。

裡，只能在斷垣殘壁後豎著耳朵聽那些碎裂與崩塌的砲彈聲。

妳給的，從來不僅僅是勇氣而已。

08

他們都是擅長對自己殘忍的人。不懂得對自己溫柔，縱使有再多的暖意，終究也無法接住對方的眼淚。

歌曲的尾奏結束，他們已不自覺肩靠肩。程瞳的心跳得有點快，卻是五味雜陳，故作輕鬆地問：「你剛剛要跟我說什麼？」

趙家誠見她這樣，認為她應該氣消了，可是又不知道該怎麼開始，只好挑了其他話題說。

「妳上次提到的那個蕭澧，自從妳講完後我就有稍微注意一下，我滿常遇到他的。」

「怎麼樣？」

「就……他好像滿多女生朋友的。有些是我們這屆其他班級的女生，還有一些應該是學妹吧，但感覺學妹都不是社交特別活躍的人。有些女生會大方地和男生玩在一起，如果是那樣就沒什麼；可是蕭澧的那些學妹朋友，看起來都不像是會主動和學長姐打交道的人。」

「比較安靜的女生呀……亦舒說蕭澧都會去圖書館借書，難不成他們都是校刊編輯社之類的？」

趙家誠搖了搖頭，自忖著該如何形容。

「可是他們講話的時候都不像在談論公事，比較像在約會。每次他和女生們聊天時都靠得很近……」

剩下的事，趙家誠不知道該不該說。如果說出看見蕭灃為其他女孩奔忙保健室，又是裝熱水又是拿熱水袋的事情，會不會傷透程瞳好朋友的心？

程瞳聽了，心中揣摩著該怎麼向亦舒開口。他們一時無話，趙家誠才想起此行的目的。

「瞳，妳之前生氣的事情，我想了很多。」他把大手覆在程瞳水蔥似的小手上。「我不知道妳那麼不安，而且都沒注意到就隨便說妳什麼都能做到，對不起。」

程瞳聽他這樣說，本來下定的決心卻再度遲疑起來。她垂下眼睛，想要掩蓋心裡那些，即使收到道歉也無法撼動的分歧。

「當時你真的沒想過，未來有什麼想做的事？」

「填志願卡時，我根本不想思考，只覺得照著爸爸說的會輕鬆一些吧，這樣就不用再和他們討論了。」

「你怕跟他們吵架，所以乾脆能避就避嗎？」

「畢竟我也沒有特別想讀的科系。」

就像一支在心裡左右搖盪的天秤，程瞳知道自己的一部分渴望著能夠和趙家誠攜手走向未來，那是屬於十七歲少女夢寐以求的愛情故事，她也曾夢過幾回。但另一部分的自己不斷提醒著她，他們兩人想要追逐的未來，從來都不一樣。

她想起方亦舒說的——**不是每個人都可以那麼早就訂下自己的目標**。

「瞳，我們會吵架，可能是因為我最近考完試放鬆很多，但妳要升高三壓力越來越大。沒有好好地陪妳，對不起。」

這一刻目光篤定的趙家誠牽著她的手，說出口的每個字都是那麼真心實意，鏗鏘有力地敲打在程瞳的心上。程瞳心裡的酸澀堆在眼角。對於十八歲的趙家誠來說，這或許是他唯一想到的答案，期望能用這樣的回答彌補這幾個月對程瞳的冷落，來換回他們的和好如初。

但對十七歲的程瞳來說，答案是不是這個，早已日益清晰地浮現在他們面前。有些事無關爭吵，無關愛與不愛，當他們想把對方擺進未來的藍圖裡，卻發現兩張圖天南地北的長得不一樣時，勢必該做出選擇。

很久以後，當程瞳想起這段往事時，才會發現他們都是擅長對自己殘忍的人。趙家誠可以逼自己委曲求全，縱容母親把自己婚姻的挫折歸咎在孩子身上，不肯試著讓自己從家庭中負面情緒的泥淖裡抽離；程瞳可以逼自己猛求上進，無視身體發出的疲倦訊號，不停地用嚴苛的標準督促自己向前。

——他們都是忘記給自己喘息空間的人。這樣相似的人，沒有辦法拯救彼此。

「妳最近怎麼跟許南生越來越好？妳以前不太喜歡她吧。」

「沒有到不喜歡啦⋯⋯」程瞳想著以前因為成績相互較勁的事，忽然覺得自己有點小家子氣而羞澀了起來。「因為我們班上的一個男生，講了一些瞧不起她的話，我幫她講話之後才變熟的。」

「哪個男生敢惹妳生氣？」趙家誠笑著說。

「一個叫薛祐宇的。」

「薛祐宇？」趙家誠詫異地唸出這個名字，「我認識他。」

程瞳沒想到，趙家誠竟會知道這個連她都不甚熟悉的同學。在聽完她娓娓訴說那日的爭執後，趙家誠沉思一陣說：「他高一入學時在球隊待過一陣子，期初徵選時，他是所有人裡表現最好的，不管是瞬間爆發力、肌耐力、預判力，還是各方面的球技，都比我們厲害。」

男孩撓了撓頭，不好意思地笑了一下。

「只是到快期末的時候，他就退隊了。」

「為什麼？」

「好像是因為他家裡出了點事，所以不能再一起練習了。」

程瞳憶起那天吵架的情景，在腦中回溯了他們的每一句對白，突然心有不安。會不會有哪一句話，刺傷了薛祐宇呢？

09

你們不懂在站上起跑線以前，比賽就已經開始了。我努力走了很遠，卻始終沒能站上去。

這已經是他不知道第幾次把消了氣的籃球放進回收箱，又在垃圾車晚上七點抵達以前把它撿回來。無法割捨的不是舊物，而是這顆球所代表的執著。他想拾回自己心裡的，從不僅是這顆籃球。

薛祐宇曾也是容易滿足的人，之前國中作文有一篇題目叫「快樂是什麼」，對成年人來說是個富含哲理的問題，但對十四歲的他來說，卻沒有那麼困難。

十四歲的他偶爾對自己感到失望，比如投籃手感接連三天都不好的時候，但與十七歲的心如死灰相比，那種失望或許也能算是快樂的一部分。事到如今他已經不恨了，大概恨也是時間充裕的人才能去多想的事情，他從來不是那種能夠每天與自己的情緒對話的人。

那天晚上，他做了一個回到十四歲的夢。夢境無比真實，他可以感受到灼熱的陽光刺在他的皮膚上，那也沒關係；他可以感受到汗水喧囂地浸染他的背心，那也無妨。他還是那個每天放學留下來和校隊一起練球的國中男孩，從最基本的操場跑步開始，盯防與步伐、搶籃板與投三分，在他們還不知道自己適合什麼位子前，每個人都有無限可能。身體再怎麼疲倦都會被心上的踏實與成就感遺忘，所以這一點小小的辛苦，真的都沒關係。

「薛祐宇，你真的是天才小投手耶。」

耳邊傳來熟悉的聲音，有人拍了拍他的背，國中與高中籃球隊友們的臉孔混在了一起，他夢見了高一初進球隊與學長聊天時對方稱讚他的話。

「阿誠，他一定是國中花很多時間練習才這樣的，還天才哩，你還敢不留下來練習去約會啊？」

那個只有短短半年緣分的教練如是說，手上的記錄板「啪」的一聲打到學長肩上。

我怎麼會在這裡？薛祐宇突然墜入了恐懼的深淵，一邊發抖一邊拔腿往後跑，他不想夢到之後發生的事，不想離開這個球場。

不知道跑了多久，清晨四點的鬧鐘叫醒了他，夢境碎了，熱血的感覺已經消退，徒留一身冷汗。窗外鴿子咕咕地叫著，蹬了下腿翱翔而去，輕輕搖晃的樹枝映在窗簾上，陰影遮住了眼角濕潤。他很想躺回床上重溫一次夢的美好，可是他不能，做夢也是時間充裕的人才能做的事情。

十七歲的他還是和國中一樣，每天身體都筋疲力盡。可是心上再也沒有任何動力能支撐他的疲倦。

「媽，我出門了。」

飯桌前的母親已經換好了衣服，同樣也是準備要出門的模樣。但薛祐宇沒有停下來等她，他一直在迴避與母親單獨相處的時間，母親總是面帶倦容，疲憊而溫柔的愧疚從眼睛裡流出來，化成輕聲細語與道歉。

他討厭母親道歉，父親生病從不是誰的錯，但母親的歉疚讓他覺得自己像是被這個家排除在外。母親希望給他如常的學生生活而早出晚歸，但這一年家中經濟卻仍不見好轉。

兩種感受一直在他心中拉扯著，一邊希望母親認可他為了家庭生計而放下夢想的成熟懂事，一邊希望母親告訴他「不要放棄夢想」，就像曾經她看著球場上的自己是多麼驕傲那樣。

然而母親望著他，總是只有一句句的「對不起」。彆扭的十七歲，他無法向母親表達心中的曲折，只好先逃跑再說，逃到足夠成熟的那天。

「好，過馬路小心。」

薛祐宇發完傳單後到教室時，早自習正要開始。他照例趴下來補眠，直到老師發小考試卷時被前面的同學戳醒。今天考的是英文，單字他一個也沒背，有時候也不是這樣的，如果晚上早點從醫院回家，他也會躺在床上把課本從書包裡抽出來複習一遍。但常常因為太早起，又對密密麻麻的異國單字沒興趣，看一看就睡著，隔天的小考成績就大抵和今天差不多了。

被班導叫去辦公室，或許是因為昨天的數學小考和今天的英文小考成績差不多。

「祐宇，最近家裡還好嗎？」身兼班導的國文老師關心地詢問。

薛祐宇不禁在心裡偷偷想著，老師其實不太在意吧，成績好或不好她又能改變什麼呢？在這個只在意分數的教育體制下，她不過展現了一絲絲的良知罷了。他當然聽說過更糟的故事，來自發傳單的同事那裡，被視為問題兒童或被老師當成拖累班平均的眼中釘的那些故事。

想到這裡，薛祐宇把雙手從口袋裡拉了出來，靜靜地說：

「還好，跟之前差不多。」

「祐宇，老師還是希望你能花一點點時間準備小考，這樣每天一點點日積月累，也能對日後的段考有幫助。」老師耐著性子諄諄教誨道。「你們快要升高三了，老師想要個別確認一下你們的讀書狀況。老師知道你比較辛苦，但如果能抓出一些時間複習準備，或許……」

老師循循善誘，想讓薛祐宇努力學習，但他的思緒早已飄到了遠方。他想告訴老師，他對書上的知識一點也不好奇，他知道自己也曾有過學習的動力，但那是在輸了比賽後，努力回放比賽中的每一個判斷與動作，找出輸球的蛛絲馬跡，並擬定戰略。

「為什麼生活只剩下考試呢？」好多個晚上他都這樣自問著。這個島上有那麼多高中生，為什麼百萬種人卻只能追逐同一種理想？

他想起高一那個午後，他把父親生病的事告訴教練。

「為什麼高中生一定要把課業擺在體育前面呢？如果可以用白天的時間練球，我就不用因為放學後要去醫院而退隊了。」

那些破碎的問句藏著他心裡卑微又渺小的祈禱，他知道教練什麼都無法改變，卻又期望他說出別於往常的話，但教練看著他的眼裡只有惋惜。

折翼的鳥始終無法從夜幕飛向黎明。

10

她一直以爲愛可以等價交換，直到發現他根本沒有要拿出它的打算。共鳴可以換取眞心，對他來說可能只是書本裡上一個世紀的事情。

「亦舒，妳怎麼來了？」蕭澧唇角微微勾起，聲音還是那樣溫婉如玉，但方亦舒卻直視著他的雙眼，沒漏看那一絲驚慌。

午休時，方亦舒提早吃完了飯，跟程瞳與許南生說她要去二樓，程瞳似乎很擔心，急著想和她說些什麼，卻磕磕巴巴的。反而是許南生看透了她的想法，點點頭說：「你自己去看看比較好，對不對？」

「我都沒來過，每次都是麻煩你上來。」方亦舒故作鎮定，把手上的信遞了過去。拿信時，蕭灃修長的指節沿著方亦舒的拇指從關節到指甲輕輕滑過，她不知道這是不是故意的。

「沒關係呀，妳快升高三了，最近也很忙吧？這種小事交給我就好了。」對方一如繼往地說著那些彷彿渾然天成的體貼，讓方亦舒有種錯覺，蕭灃對她的關心是真的、貼心是真的、喜歡也是真的。

「那學長你不忙嗎？」方亦舒平心靜氣地反問。

蕭灃似乎誤解了她的意思，笑著搖了搖頭說：「快畢業了，班上也沒什麼事，妳不用擔心我。」

「學長，我想問你一件事。」

「什麼事？」

方亦舒注視著蕭灃的臉，這可能是她第一次這麼仔細地端詳他的容貌，她本就害怕與人對視後不知所措的尷尬，可是今天卻沒有絲毫慌張。

蕭灃的臉龐不是跋扈而稜角分明的那種，而是如他的聲音般，以斯文柔和的線條勾勒出別緻的面容。要說蕭灃是絕世帥哥，也不盡然，但他的氣質偏偏就會吸引女孩們的目光。

「你跟我們班上的小書，之前是怎麼了？你們通過信，為什麼後來就不寫了呢？」

「她不好聊呀。」幾乎是斬釘截鐵，蕭灃如同訴說著天氣般不帶一絲感情。「她根本不懂文學吧？一開始跟我搭話，說得像她也多喜歡我正在看的書，結果只是裝模作樣，我跟她很快就沒話題了。」

「妳不一樣。」蕭澧輕輕牽起她的髮絲，「亦舒，妳都知道我想說什麼，我也聽得懂妳想聊的，課本以外的事情。」

蕭澧低下頭向她靠近，近到了她幾乎能數出對方有幾根睫毛。幾乎能看出他薄薄的嘴唇上那些淺淺唇紋。她屏住呼吸，對方似乎也是，深怕吐息會破壞這巨大的寧靜。

多少平凡的女孩，也曾因他溫文儒雅的氣質淪陷？又甚至是小書，那個國文成績一直都墊底的女孩、比自己還明豔像是天之驕女的女孩，原來也渴望得到蕭澧的青睞嗎？

在十七歲的尾巴，她期許的愛情即將成真了，一個總是衣著筆挺神色溫和的學長，用那雙修飾乾淨的手寫下蒼勁的字跡，在一封封交換的書信中與她一齊徜徉於文學的大海裡。

多麼荒誕。

在嘴唇快被貼上以前，方亦舒後退了一步。

「我看見了。」一個陌生而有力的聲音從她嘴唇裡蹦了出來。「學長，上週三，我看到你吻了那個學姐。」

那個出奇不意冷靜的聲音砸在蕭灃微微顫動的瞳孔裡，方亦舒花了一些時間才意識到，那個聲音來自她自己。

「原來你都在忙這些啊。」她壓抑自己因為憤怒、傷心而差點要發抖的身體，試圖用平穩的語氣說出這句話。她希望這句話是諷刺的，不帶任何沮喪。

那天，她親眼目睹蕭灃用著同樣的柔和神情注視著學姐，她一瞬間指尖發涼而無力招架，心底卻有個聲音切實地提醒著她，所有猜測與謠傳果然是真的。

蕭灃看起來有些錯愕，原本試圖解釋，卻在看見她眼底的清明後放棄。

原來她始終清醒。蕭灃突然覺得被擺了一道的是自己，他曾以為這個女孩已經把全副身心的信賴都給了他。他不是不知道最初的信件裡那些探聽與疑惑，可他選擇四兩撥千斤的不回覆後，她也就此不問。

隨著時間的推演，這陣子方亦舒的回信越來越長，他猜測方亦舒越來越喜歡和他說話了，每次見方亦舒時她總不敢抬頭，但蕭灃還是能從對方發紅的耳根看出她的羞赧。

方亦舒調整好了呼吸，決定和他道別。

「學長，你覺得卓文君寫〈白頭吟〉，有讓司馬相如後悔嗎？」

突然一個牛頭不對馬嘴的問句，讓蕭澧愣了一下。

「我沒想過這個問題。」

「我覺得他沒有，也不會醒悟。因為這首詩本來就不是為了挽回他而作的。」

方亦舒自顧自地說完，然後揚起微笑，「而且我送你的那本《漢魏六朝詩文賦》，你根本沒看，對吧？」

她轉身走向樓梯，不再回頭。這一刻她覺得自己有如新生之犢，她從來沒想過，一直以來連她都嫌棄的那個唯唯諾諾的自己，可以盯著高年級生的眼睛狠狠地拆穿對方拙劣的謊言。

走回三樓的時候，鐘聲已經響完，整棟樓因為午睡時間而無比寧靜。再不久，就會有糾察隊的同學過來巡視，提醒她不要在走廊上恣意走動。

她手扶著牆，緊繃了許久，而眼淚終於在鬆懈的那刻掉了下來。本就是心底有譜的猜忌，但自己卻也暗自希冀過能得一心人，白頭不相離。

她不知道小書、那個學姐，甚至是傳聞裡素未謀面的女孩們，是不是也曾這樣哭過，她的故事會不會是成千上萬種傷心裡最不值一提的一個。但此刻，她一點都不後悔以這種姿態與蕭澧分開。聞君有兩意，故來相決絕。既然未曾開始，想必不比卓氏的萬分之一痛吧。

但淚水卻像是覺得太擁擠一樣，從隱隱作痛的心口逃到了眼眶，並且井然有序地排好隊，一一跳出，最後落到了擦拭明亮的皮鞋上。

畢竟是初戀。

11

用眼淚與汗水灌溉長大的夢想，無論有沒有開出你喜歡的花，那些養分都會滋養你繼續前行，直到花開正盛的那一天。

「那些都是假的嗎？」方亦舒很想這樣問蕭灃。

關心是真的、貼心是真的、喜歡也是真的。但因為她不是唯一一個，所以全部加在一起就變成了假的。

她想起最後兩封信，他們討論《紅玫瑰與白玫瑰》。蕭灃的讀後感是將重點放在紅玫瑰與白玫瑰的難以抉擇，她卻告訴蕭灃，她認為這個故事寫的從不是二中擇一的愛情，而是從王嬙蕊與孟烟鸝的性格中，對比出男主角振保的懦弱與無能。

不過蕭澧讀完信會怎麼想，她已無從得知。

以方亦舒這樣的少女來說，以文學為前提的初戀，是再純潔又夢幻不過的感情。可是蕭澧卻把文學當成一個狩獵的工具，甚至最後還想把這種共鳴編造成他對其他女孩冷淡的藉口，這種自視甚高的態度讓方亦舒憤怒。

若讀懂了文學的價值，卻把它拿來當做換取真心的籌碼，那究竟是他真讀懂了，還是連對文學的愛也是虛假的？十七歲的方亦舒決定相信後者。

「會體恤愛人的人，根本不會做出需要對方以任何姿態挽回的事。

從一開始就注定了，他不可能幡然醒悟。但少女還是忍不住去想，自己在他心中是否曾進駐在特別的位置。『即使是一秒，你有沒有真心實意地愛過我呢？』她一直以為愛可以等價交換，直到發現他根本沒有要拿出它的打算。共鳴可以換取真心，對他來說可能只是書本裡上一個世紀的事情。」

闔上日記，方亦舒知道自己可能一輩子都不會知道答案。也許有那麼一秒鐘，他喜歡她是真實的，卻在轉瞬消失在這個時空裡。但她知道比起愛情，現在的她更渴望寫下能成為亙古永恆的東西。

許南生在八月簽下經紀合約。升高三的暑假，他們又在炎炎夏日裡回到學校，把東西都搬到了二樓，隨著上一屆學長姐的畢業，教室早已人去樓空，換他們開始充滿聽說讀寫與計算的漫長旅途。

屬於三年級的教室比原本二年級的教室少了一副桌椅，那個男孩休學了。許南生想著，或許一直到老，她都不會知道他去了哪裡、又做了什麼。她剛上高中的時候曾聽過一句話，人與人相遇都是緣分使然，能夠待在同一個群體裡更是難能可貴。但她也知道，即使是這樣的緣分，也會注定在大吵一架後在彼此的生命裡缺席。

有些人錯過和解的唯一機會後，就再也沒有成為朋友的可能。

許南生沒告訴好朋友們的是，上學期末在導師辦公室外，他碰見了剛面談完的薛祐宇。那時候她已經從程曈聽說薛祐宇的故事，就在視線交會的一瞬間，她看見一向桀驁不馴的男孩眼裡滿溢的憔悴與不甘心。

她踟躕著是否要喊他的名字，然後為自己曾經的尖銳道歉，可是後來什麼也沒說。她知道自己的道歉會讓對方難堪，為了避免真誠被解讀成同情，她決定保持緘默。

暑期輔導的第二週便是全國聯合模擬考。為了這次的考試，程瞳早已幹勁十足地準備好各科筆記。只是偶爾在補習班門口看著琳瑯滿目的賀喜榜單，還是會不自覺地被熾目的紅紙黑字燻得頭暈目眩。有一天，她是否也會成為補習班彪炳戰功裡的其中一枚勳章？行經的人們看到她的名字，會同情她繳了補習班學費拼死拼活地早出晚歸，還被當成炫耀的工具吧。

程瞳突然覺得好氣又好笑。是啊，這個用分數判定成王敗寇的體制有點荒唐，她卻無法置身事外。如果逃出這個監獄後外面是一片荒蕪，又或許是另一道銅牆鐵壁，那該怎麼辦呢？

因為不知道答案，程瞳很早就決定了不要去想。

上學期末她去參加了趙家誠的畢業典禮，明明只是一個半月前的事，卻好像過了一個世紀。

在找到趙家誠以前，她先在禮堂外遇見了蕭灃，那點頭之交的關係本該在好朋友與之徹底結束後成為不相往來的過客，但蕭灃叫住了他。

「她最近怎麼樣？」

「她很好。」

程瞳讀不出蕭灃眼睛裡的喜怒哀樂，蕭灃亦然。

「我……從來，沒有送過禮物給其他女孩。」

程瞳記得那是一柄木梳子，蕭灃去山西古城遊玩時買下的。當時她不懂其中含意，方亦舒一開始羞澀地不願多說，等程瞳知道的時候，已經是不需要再討論的時候了。

這場愛情博弈的勝負，該比誰淪陷得深還是誰痊癒得快呢？

程瞳從蕭澧眼裡讀出了一點悵然若失。但她不敢確認，也不想再繼續這個話題。他的喜歡可能曾是真的，卻早已成了沒有意義的情緒。

喜歡的價值就在於當下那一瞬間的真實，已經過去了的愛，與不愛早已沒有分別。

程瞳在禮堂裡找到趙家誠。她仍不知道自己更在乎的是趙家誠對未來的看法，還是因為始終無法讓趙家誠愛他自己比愛他的家更多一點而感到心酸。

但她知道，此時此刻的喜歡與適合無法劃上等號。她曾經愛著與他相關的每一個細節，或許以後才能明白，為什麼少了幾個就不能再愛。

十八歲的男孩想要在春末初夏的日子，用最後的青春牽緊十七歲女孩的手。直到後來他才知道，有些人屬於天空，有些人適合翱翔。歲月的長河裡他們都還太年輕，沒有互相保護的能力或與大人們交換的籌碼。

但，這就是他們喜歡上對方的原因，因為渺小所以想為了對方變得強韌有餘。

他想起自己曾是那麼真心實意，想用赤誠守護她的青春。「我們結婚以後要養兩隻貓和一隻柴犬。」上一個綠葉紛飛的日子，程瞳曾這麼規劃，句子裡甚至沒有會在途中走散的質疑。

「那妳要負責去遛狗，撿牠的大便。」趙家誠忍不住想戲弄她，笑著唱反調。程瞳用力捏了他的耳朵說：「是『我們』要一起！」

「我們一起」。他們都曾有過不曾質疑這幾個字的時光，好像這幾個字就能除去一切紛擾，把少男少女的互相珍惜裝進每個朝朝暮暮，濃縮成愛情的模樣。然而，最後先有個人醒了過來，另一個也終於明白不能靠這幾個字稀裡糊塗地相愛。

「瞳，希望妳能去到真心喜歡的地方。」

這是他對她說的最後一個真心實意。

借一個你的睡前時間

訴說那些關於尋夢與青春的碎片

作　　者 | 狼 焉 ____wolf.____
發 行 人 | 林隆奮 Frank Lin
社　　長 | 蘇國林 Green Su

出版團隊
總 編 輯 | 葉怡慧 Carol Yeh
企劃編輯 | 鄭世佳 Josephine Cheng
行銷企劃 | 朱韻淑 Vina Ju
封面裝幀 | 木木Lin
繪　　者 | 歪的工作室
內文排版 | 張語辰 Chang Chen

行銷統籌
業務處長 | 吳宗庭 Tim Wu
業務主任 | 蘇倍生 Benson Su
業務專員 | 鍾依娟 Irina Chung
業務秘書 | 陳曉琪 Angel Chen、莊皓雯 Gia Chuang
行銷主任 | 朱韻淑 Vina Ju
發行公司 | 悅知文化　精誠資訊股份有限公司
105台北市松山區復興北路99號12樓
訂購專線 | (02) 2719-8811
訂購傳真 | (02) 2719-7980
專屬網址 | http://www.delightpress.com.tw
悅知客服 | cs@delightpress.com.tw
ISBN : 978-986-510-065-0
建議售價 | 新台幣350元
首版一刷 | 2020年03月　四刷 | 2020年07月

國家圖書館出版品預行編目資料

借一個你的睡前時間 / 狼焉著. -- 初版.
-- 臺北市 : 精誠資訊, 2020.03
面； 公分
ISBN 978-986-510-065-0(平裝)

863.55　　109002969

建議分類 | 華文創作

讀者回函
《借一個你的睡前時間》

你有什麼話想要對狼焉說嗎？你可以選擇投遞到「松果路四十四號」，或是直接回信給我們，聊聊你內心焦慮、難過，沒關係，夜晚的時間還很長，慢慢說就好～

「松果路四十四號－期間限定」實體信箱地點，將於悅知文化facebook活動頁面公布！

姓名：＿＿＿＿＿＿＿＿＿＿ 性別：＿＿＿＿＿ 年齡：＿＿＿ 歲

學歷：□國中以下 □高中 □專科 □大學 □研究所 □研究所以上

職稱：□學生 □家管 □自由工作者 □一般職員 □中高階主管 □經營者 □其他

聯絡電話：＿＿＿＿＿＿＿＿＿＿

Email：＿＿＿＿＿＿＿＿＿＿＿＿＿＿＿＿＿＿＿＿

通訊地址：□□□-□□ ＿＿＿＿＿＿＿＿＿＿＿＿＿＿＿＿＿＿＿＿

有什麼事情讓你煩惱的呢？我會仔細傾聽～

你覺得現在的你是書中哪一隻動物呢？

為什麼呢？

有什麼話想對狼焉說？

廣 告 回 信	
平 信 、 免 貼 郵 票	
台灣北區郵政管理局登記證	
台 北 廣 字 第 1531 號	

SYSTEX making it happen 精誠資訊 | 悅知文化 Delight Press

精誠公司悅知文化 收

105 台北市復興北路**99**號**12**樓

（請沿此虛線對折寄回）

悅知文化 Delight Press

訴說那些關於尋夢與青春的碎片

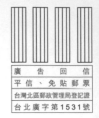

線上讀者問卷

閱讀時眼睛舒服嗎？拿久了會覺得手痠嗎？
想知道你喜歡哪些內容？
小小聲問，喜歡這本書的包裝與封面設計嗎？(我們很喜歡)
茫茫書海中，你能與這本書相遇，絕非偶然。

悅知夥伴們有好多個為什麼，
想請購買這本書的您來解答，
以提供我們關於閱讀的寶貴建議。

請拿出手機掃描以下 QRcode
或輸入以下網址，即可連結至本書讀者問卷

http://bit.ly/2J2ynn7

填寫完成後，按下「提交」送出表單，
我們就會收到您所填寫的內容，
謝謝撥空分享，
期待在下本書與您相遇。

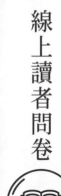

借一個你的睡前時間